DAS KRISTALL-EI

Der englische Schriftsteller und Pionier der Science-Fiction-Literatur Herbert George Wells schrieb Bücher mit Millionenauflage. Er hatte seine größten Erfolge mit den Science-Fiction-Romanen 'Der Krieg der Welten' und 'Die Zeitmaschine'. Die Bücher von Wells sind im englischen Sprachraum nach wie vor populär und in der deutschen Buchreihe 'Erstaunliche Geschichten' erscheinen nun zahlreiche seiner Geschichten in erstmaliger Übersetzung.

Der amerikanische Arzt und Science-Fiction-Autor Miles John Breuer gehörte zur ersten Generation von Schriftstellern, die regelmäßig in den Pulp-Science-Fiction-Magazinen erschienen. Er schrieb mehr als drei Dutzend Science-Fiction-Geschichten, von denen viele einen Arzt als Protagonisten haben und sich mit Fragen über die Zukunft der Medizin befassen.

Arthur Leo Zagat war ein amerikanischer Anwalt und Autor von Pulp Fiction und Science Fiction. Während der letzten zwei Jahrzehnte seines Lebens schrieb Zagat zahlreiche Kurzgeschichten. Etwa 500 seiner Geschichten erschienen in einer Vielzahl von Pulp-Magazinen, darunter Thrilling Wonder Stories, Argosy, Dime Mystery Magazine, Horror Stories, Operator No. 5 und Astounding. Er lehrte das Schreiben an der New Yorker Universität. Im Jahr 1941 wurde er in den ersten nationalen Exekutivausschuss der Pulp-Autoren-Liga gewählt. Während des Zweiten Weltkriegs hatte er eine leitende Stellung im Büro für Kriegsinformation inne.

Inhalt dieser Ausgabe

H.G. Wells,
Miles J. Breuer M.D.,
Arthur Leo Zagat

DAS KRISTALL-EI

und

EINE TERRORNACHT,
OPERATION IN DER VIERTEN DIMENSION,
IN DER RAUMZEIT VERIRRT

AUS DEM ENGLISCHEN ÜBERTRAGEN UND
HERAUSGEGEBEN VON
KLAUS-DIETER SEDLACEK

TOPPBOOK ERSTAUNLICHE GESCHICHTEN BAND 2

Bibliografische Information der Deutschen Nationalbibliothek:
Die Deutsche Nationalbibliothek verzeichnet diese Publikation in der
Deutschen Nationalbibliografie; detaillierte bibliografische Daten
sind im Internet über dnb.dnb.de abrufbar

Original Coveridee: Frank R. Paul, 1926

Zweite überarbeitete und verbesserte Auflage.

Übersetzung, bearbeitetes Coverdesign, Satz in moderner Antiqua-Schrift:
Klaus-Dieter Sedlacek
https://toppbook.de

© 2020 Klaus-Dieter Sedlacek
Herstellung und Verlag: BoD – Books on Demand, Norderstedt

ISBN: 978-3-7519-1483-3

Was ist eine Anthologie?

Von Klaus-Dieter Sedlacek

Ein Rezensent schrieb in einem Onlineblog aus dem Fantasy-Genre, diese Buchreihe sei 'auch keine Anthologie'. Ja, was ist es dann?

Wikipedia definiert es so:

*Eine **Anthologie** oder Blütenlese, ist eine Sammlung ausgewählter Texte oder Textauszüge in Buchform oder im weiteren Sinne eine themenbezogene Zusammenstellung aus literarischen, musikalischen oder grafischen Werken. Es handelt sich um eine von einem Herausgeber verantwortete Publikationsform. [...] Im Allgemeinen beinhalten Anthologien bereits zuvor an anderer Stelle veröffentlichte Texte.*

Und weiter: *Meist sind Anthologien einem bestimmten Gesichtspunkt gewidmet.*

Wenn man also diese Definition zugrundelegt, dann würde ich doch sagen: Dieses Buch ist eine Anthologie, denn es widmet sich dem Genre Fantasy, Horror, Science-Fiction und Ähnlichem und erfüllt die Kriterien der Definition.

Ursprünglich hatte ich die Bücher dieser Reihe eigentlich zu meinem eigenen Vergnügen herausgegeben, denn ich bin, wie ich schon im Vorwort zur zweiten Auflage von Band 1 dieser Reihe geschrieben habe, ein großer Fan der *Pulp Fiction Magazine* aus den 1920er bis 1940er Jahren (siehe dazu auch das Bild von mir mit zwei Originalheften aus der damaligen Zeit).

In dieser Ausgabe haben wir nun eine berühmte Geschichte des bekannten Autors H.G. Wells. Ich weiß, sie wurde schon einige Male übersetzt, doch ich glaube sie ist nicht leicht zu finden und so habe ich entschlossen sie in einer eigenen Übersetzung hier vorzustellen. Die Autoren der drei anderen Geschichten sind in Deutschland kaum bekannt und frühere Übersetzungen von ihren Geschichten habe ich keine gefunden. Aber dennoch sind ihre Geschichten äußerst interessant und spannend. Besonders hat mir die von Miles J. Breuer (vierte Dimension) gefallen. Ich war begeistert und hoffe die Leser dieser Ausgabe werden es ebenfalls sein.

Ich habe alle Texte noch einmal durchgesehen, unklare Formulieren verbessert, Fehler, die mir aufgefallen sind, berichtigt, Quellangaben hinzugefügt und auch sonst noch ein paar kleine Ergänzungen durchgeführt.

Ich wünschen nun allen einen großen Lesegenuss.

Der Herausgeber

Das Kristall-Ei

Von H. G. Wells [1]

Genau parallel zu den entfernten Klippen verlief eine breite, spiegelnde Wasserfläche das Tal entlang. Die Luft schien voll von Scharen großer Vögel zu sein, die in stattlichen Kurven manövrierten.

---

1   Originaltitel "THE CRYSTAL EGG", erstmals veröffentlicht in *The New Review*, 1897

Bis vor einem Jahr gab es in der Nähe von Seven Dials ein kleines, ziemlich schmuddeliges Geschäft, über dem in wettergegerbter gelber Schrift der Name "C. Cave, Naturalist und Händler für Antiquitäten" stand. Der Inhalt seines Fensters war seltsam bunt gemischt. Er bestand aus einigen Elefantenstoßzähnen und einem unvollständigen Satz an Schachfiguren, Perlen und Waffen, einer Schachtel mit Augäpfeln, zwei Tigerschädeln und einem menschlichen Schädel, mehreren von Motten zerfressenen Stoffaffen (einer hielt eine Lampe), einem altmodischen Schrank, einem ausgeblasenen Straußenei oder so, etwas Angelgeschirr und einem außergewöhnlich schmutzigen, leeren Aquarium. Zu Beginn der Geschichte gab es auch ein Kristall, das in die Form eines Eies gearbeitet und glänzend poliert war. Und darauf schauten zwei Personen, die vor dem Fenster standen, einer von ihnen ein großer, dünner Geistlicher, der andere ein schwarz-bärtiger junger Mann von dunklem Teint und in unauffälliger Tracht. Der dunkle junge Mann sprach mit eifriger Gestik und schien darauf bedacht zu sein, dass sein Begleiter den Artikel kauft.

Während sie dort standen, kam Mr. Cave in seinen Laden, sein Bart wedelte noch immer mit dem Brot und der Butter von seinem Tee herum. Als er diese Männer und das Objekt ihrer Begutachtung sah, fiel sein Blick nach unten. Er blickte schuldbewusst über die Schulter und schloss sanft die Tür. Er war ein kleiner alter Mann mit einem blassen Gesicht und eigenartig wässrigen blauen Augen; sein Haar war schmutzig grau, und er trug einen schäbigen blauen Gehrock, einen alten Seidenhut und abgetragene Pantoffel. Er beobachtete die beiden Männer, während sie sich unterhielten. Der Geistliche griff tief in seine Hosentasche, untersuchte eine Handvoll Geld und zeigte seine Zähne bei einem angenehmen Lächeln. Mr.

Cave schien noch deprimierter zu werden, als sie in den Laden kamen.

Der Pfarrer fragte ohne jede Zeremonie nach dem Preis für das Kristallei. Mr. Cave blickte nervös auf die Tür, die in den privaten Salon führte, und sagte fünf Pfund. Der Pfarrer protestierte, der Preis sei aber hoch, sowohl für seinen Begleiter als auch für Mr. Cave - es war in der Tat viel mehr, als Mr. Cave ursprünglich zu fordern beabsichtigte, da der Artikel schon lange herumlag - und es folgte ein Verhandlungsversuch. Mr. Cave ging zur Ladentür und hielt sie offen. "Fünf Pfund sind mein Preis", beharrte er, als wolle er sich die Mühe einer unprofitablen Diskussion ersparen. Während er dies tat, erschien der obere Teil des Gesichts einer Frau über der Jalousie in der oberen Glasscheibe der Tür, die in den Salon führte, und starrte die beiden Kunden neugierig an. "Fünf Pfund sind mein Preis", wiederholte Cave mit einem Zittern in der Stimme.

Der dunkelhäutige junge Mann war bisher nur Zuschauer geblieben und beobachtete Cave aufmerksam. Jetzt ergriff er das Wort. "Gib ihm fünf Pfund", sagte er. Der Pfarrer sah ihn an, um zu sehen, ob er es ernst meinte, und als er Mr. Cave erneut anschaute, sah er, dass sein Gesicht weiß war. "Es ist eine Menge Geld", monierte der Geistliche, und als er in seine Tasche griff, begann er seine Mittel zu zählen. Er hatte kaum mehr als dreißig Schillinge und appellierte an seinen Begleiter, mit dem er offenbar ziemlich vertraut war. Dies gab Mr. Cave die Gelegenheit, seine Gedanken zu sammeln, und er begann aufgeregt zu erklären, dass der Kristall in der Tat nicht ganz frei zum Verkauf stand. Seine beiden Kunden waren darüber natürlich überrascht und fragten, warum er daran nicht gedacht hätte, bevor er zu verhandeln begann. Mr. Cave war verwirrt, aber er hielt an seiner Geschichte fest, dass der Kristall an diesem Nachmittag nicht auf dem

Markt sei, dass ein wahrscheinlicher Käufer des Kristalls bereits erschienen war. Die beiden, die dies als einen Versuch betrachteten, den Preis noch weiter zu erhöhen, taten so, als würden sie den Laden verlassen. Doch in diesem Moment öffnete sich die Stubentür, und die Besitzerin erschien mit kleinen Augen im dunklen Türrahmen.

Sie war eine grobschlächtige, korpulente Frau, jünger und sehr viel größer als Mr. Cave; sie ging schwerfällig, und ihr Gesicht war errötet. "Dieser Kristall steht zum Verkauf", sagte sie. "Und fünf Pfund sind ein guter Preis dafür. Ich kann mir nicht vorstellen, was du willst, Cave, dass du das Geschäft mit dem Gentleman nicht machst!", giftete sie.

Mr. Cave, sehr beunruhigt durch das Einschreiten, schaute sie über die Ränder seiner Brille verärgert an und machte ohne übertriebene Überzeugung sein Recht geltend, sein Geschäft auf seine eigene Art und Weise zu führen. Eine Auseinandersetzung begann. Die beiden Kunden beobachteten die Szene mit Interesse und etwas Belustigung und unterstützten Mrs. Cave gelegentlich mit Vorschlägen. Mr. Cave, schwer getrieben, beharrte auf seiner verwirrenden und unmöglichen Geschichte einer Anfrage nach dem Kristall an diesem Morgen, und seine Erregung wurde peinlich. Aber er blieb mit außerordentlicher Beharrlichkeit bei seinem Standpunkt. Es war der junge Orientale, der diese merkwürdige Kontroverse beendete. Er schlug vor, dass sie im Laufe von zwei Tagen erneut vorsprechen würden, um dem angeblichen Interessenten eine faire Chance zu geben. "Und dann müssen wir darauf bestehen", warf der Geistliche ein. "Fünf Pfund." Mrs. Cave nahm es auf sich, sich für ihren Mann zu entschuldigen, indem sie erklärte, dass er manchmal "ein wenig seltsam" sei, und als die beiden Kunden gingen, bereitete sich das Paar auf eine offene

Diskussion des Vorfalls in allen seinen Aspekten vor.

Mrs. Cave sprach mit ihrem Mann mit einer einzigartigen Direktheit. Der arme kleine Mann, der vor Erregung zitterte, verwirrte sich zwischen seinen Geschichten, wobei er einerseits behauptete, er habe einen anderen Kunden im Blick, und andererseits behauptete, der Kristall sei ehrlich zehn Guineen wert. "Warum hast du dann nur fünf Pfund verlangt?", fragte seine Frau. "Lass mich mein Geschäft auf meine Weise führen!", erwiderte Cave.

Mr. Cave hatte eine Stieftochter, die bei ihm wohnten, und beim Essen an diesem Abend wurde die Transaktion erneut besprochen. Keiner von ihnen hatte eine hohe Meinung von Mr. Caves Geschäftsmethoden, und diese Aktion schien eine absolute Torheit zu sein.

"Ich bin der Meinung, dass er schon früher diesen Kristall verweigert hat", behauptete der Stiefsohn, ein ungehobelter Flegel von achtzehn Jahren.

"Aber fünf Pfund!", merkte die Stieftochter an, eine streitsüchtige junge Frau von sechsundzwanzig Jahren.

Mr. Caves Antworten waren erbärmlich; er konnte nur schwache Behauptungen murmeln, dass er sein eigenes Geschäft am besten kenne. Sie trieben ihn weg von seinem halb aufgegessenen Abendessen in den Laden, um diesen über Nacht abzuschließen, mit brennenden Ohren und Tränen der Verzweiflung hinter der Brille. 'Warum hatte er den Kristall so lange im Fenster stehen lassen? Das ist doch Wahnsinn!' Das war das Problem, das ihm am nächsten lag. Eine Zeit lang sah er keine Möglichkeit, sich dem Verkauf zu widersetzen.

Nach dem Abendessen machten sich seine Stieftochter und sein Stiefsohn frisch und gingen aus, und seine Frau zog sich nach oben zurück, um bei etwas Zucker und Zitrone und so weiter in heißem Wasser über die geschäftli-

8

chen Aspekte des Kristalls nachzudenken. Mr. Cave ging in den Laden und blieb dort bis spät in die Nacht, angeblich, um Ziersteinchen für Goldfischkästen herzustellen, aber in Wirklichkeit für einen privaten Zweck, der später besser erklärt werden wird. Am nächsten Tag stellte Mrs. Cave fest, dass der Kristall aus dem Fenster entfernt worden war und hinter einigen gebrauchten Büchern über das Thema Angeln lag. Sie setzte ihn wieder zurück, und zwar an eine auffällige Stelle. Aber sie diskutierte nicht weiter darüber, da sie aufgrund nervöser Kopfschmerzen von einer Debatte absah. Mr. Cave war niemals bereit, sich zu streiten. Der Tag verging unangenehm. Mr. Cave war eher zerstreuter als sonst und dabei ungewöhnlich reizbar. Am Nachmittag, als seine Frau ihren gewohnten Schlaf nahm, nahm er den Kristall wieder aus dem Fenster.

Am nächsten Tag musste Mr. Cave eine Ladung Hundsfische in einer der Klinikschulen abgeben, wo sie für die Sektion benötigt wurden. In seiner Abwesenheit kehrte Mrs. Cave zum Thema des Kristalls zurück und zu den möglichen Ausgaben, die bei einem Geldgewinn von fünf Pfund möglich wären. Sie hatte sich bereits einige sehr angenehme Möglichkeiten ausgedacht, u.a. ein Kleid aus grüner Seide für sich selbst und eine Reise nach Richmond, als sie durch ein Klingeln an der Tür in den Laden gerufen wurde. Der Kunde war ein Forschungsleiter, der kam, um sich über die Nichtlieferung bestimmter Frösche zu beschweren, um die er am Vortag gebeten hatte. Mrs. Cave war mit diesem speziellen Geschäftszweig von Mr. Cave nicht einverstanden, und der Herr, der in einer etwas aggressiven Stimmung nachgefragt hatte, zog sich nach einem kurzen Wortwechsel zurück - ganz höflich, soweit es ihn betraf. Mrs. Caves Auge wandte sich dann natürlich dem Fenster zu; denn der Anblick des Kristalls war eine Versicherung für die fünf Pfund und für ihre Träu-

me. Doch was für eine Überraschung, als sie feststellte, dass er weg war!

Sie ging zu der Stelle hinter dem Spind auf dem Tresen, wo sie ihn am Tag zuvor entdeckt hatte. Er lag nicht mehr da; und sie begann sofort eine eifrige Suche im Laden.

Als Mr. Cave von seinem Geschäft mit dem Hundsfisch um Viertel vor zwei Uhr nachmittags zurückkam, fand er den Laden in einer gewissen Verwirrung vor, und seine Frau, extrem verzweifelt und auf den Knien hinter dem Tresen, bewegte sich zwischen seinem Präparate-Material. Ihr Gesicht erschien heiß und wütend über dem Tresen, als die bimmelnde Glocke seine Rückkehr ankündigte, und sie beschuldigte ihn sogleich, "ihn zu verstecken".

"Was soll ich versteckt haben?", fragte Mr. Cave.

"Den Kristall!"

Daraufhin eilte Mr. Cave, offensichtlich sehr überrascht, zum Fenster. "Ist er nicht hier?", fragte er. "Großer Himmel! Was ist aus ihm geworden?"

In diesem Moment betrat Caves Stiefsohn den Laden vom Innenzimmer aus - er war etwa eine Minute vor Mr. Cave nach Hause gekommen - und er lästerte freimütig. Er war bei einem Secondhand-Möbelhändler die Straße runter in der Lehre, aber er nahm seine Mahlzeiten zu Hause ein, und er war natürlich verärgert, dass kein Essen bereitet war.

Aber als er vom Verlust des Kristalls hörte, vergaß er seine Mahlzeit, und seine Wut wurde von seiner Mutter auf seinen Stiefvater umgeleitet. Ihre erste Idee war natürlich, dass er ihn versteckt hatte. Aber Mr. Cave leugnete hartnäckig jedes Wissen über sein Schicksal - und bot freilich seine diesbezügliche eidesstattliche Erklärung an - und wurde schließlich so weit bearbeitet, dass er zuerst seine Frau und dann seinen Stiefsohn beschuldigte, den Kristall im Hinblick auf einen Privatverkauf weggenommen zu haben. So begann eine überaus erbitterte und emotionale Diskussion, die für Mrs. Cave in einem seltsamen nervösen Zustand zwischen Hysterie und Amok endete und dazu führte, dass der Stiefsohn am Nachmittag eine halbe Stunde zu spät im Möbelhaus eintraf. Mr. Cave flüchtete in den Laden vor den Emotionen seiner Frau.

Am Abend wurde die Angelegenheit unter dem Vorsitz der Stieftochter weniger leidenschaftlich und im juristischen Sinne wieder aufgenommen. Das Abendessen verlief unglücklich und gipfelte in einer unerfreulichen Szene. Mr. Cave gab schließlich der extremen Verzweiflung nach und ging mit heftigen Schlägen gegen die Haustür hinaus. Der Rest der Familie diskutierte über ihn und die Freiheit, die seine Abwesenheit garantierte, und durchsuchte das Haus von der Mansarde bis zum Keller, in der Hoffnung, den Kristall zu finden.

Am nächsten Tag kamen die beiden Kunden wieder vorbei. Sie wurden von Mrs. Cave fast weinend empfangen. Es stellte sich heraus, dass niemand sich vorstellen konnte, was sie zu verschiedenen Anlässen in ihrer ehelichen Wallfahrt mit Mr. Cave alles erlebt hatte ... Sie gab auch eine verzerrte Darstellung seines Verschwindens. Der Geistliche und der Orientale lachten einander schweigend an und sagten, es sei sehr außergewöhnlich. Da Mrs. Cave bereit zu sein schien, ihnen die vollständige Geschichte ihres Lebens zu erzählen, verließen sie den Laden. Daraufhin fragte Mrs. Cave, immer noch an der Hoffnung festhaltend, nach der Adresse des Geistlichen, damit sie, wenn sie etwas aus Cave herausbekommen könnte, es weitergeben könnte. Die Adresse wurde ordnungsgemäß genannt, aber offenbar anschließend verlegt. Mrs. Cave kann sich an nichts davon erinnern.

Am Abend dieses Tages schienen die Caves ihre Emotionen erschöpft zu haben, und Mr. Cave, der am Nachmittag draußen unterwegs gewesen war, döste in düsterer Abgeschiedenheit, die einen angenehmen Kontrast zu der leidenschaftlichen Kontroverse der vorangegangenen Tage bildete. Einige Zeit lang war die Lage im Haushalt von Cave sehr angespannt, aber weder Kristall noch Kunde tauchten wieder auf.

Nun müssen wir, ohne die Sache zu verharmlosen, zugeben, dass Mr. Cave ein Lügner war. Er wusste genau, wo der Kristall war. Er war in den Räumen von Mr. Jacoby Wace, dem stellvertretenden Forschungsleiter des St. Catherine's Krankenhauses in der Westbourne Street. Er stand auf der Anrichte, die teilweise mit einem schwarzen Samtstoff bedeckt war, und neben einer Karaffe mit amerikanischem Whisky. Die Angaben, auf denen diese Erzählung beruht, stammen in der Tat von Mr. Wace. Cave hatte das Ding im Hundefangsack versteckt ins Krankenhaus gebracht und dort den jungen Forscher dazu gedrängt, es für ihn aufzubewahren. Mr. Wace war anfangs ein wenig skeptisch. Seine Beziehung zu Cave war merkwürdig. Er hatte eine Vorliebe für einzigartige Charaktere, und er hatte den alten Mann mehr als einmal eingeladen, in seinen Räumen zu rauchen und zu trinken und seine eher amüsanten Ansichten über das Leben im Allgemeinen und über seine Frau im Besonderen zu entfalten. Mr. Wace hatte Mrs. Cave auch bei Gelegenheiten getroffen, bei denen Mr. Cave nicht zu Hause war, um sich um sie zu kümmern. Er kannte die ständige Einmischung, der Cave ausgesetzt war, und nachdem er die Geschichte juristisch bewertet hatte, beschloss er, dem Kristall eine Zuflucht zu gewähren. Mr. Cave versprach, die Gründe für seine bemerkenswerte Affinität zu dem Kristall bei einer späteren Gelegenheit genauer zu erklären, aber er sprach deutlich davon, darin Visionen zu sehen. Am selben Abend besuchte er Mr. Wace.

Er erzählte eine komplizierte Geschichte. Er sagte, der Kristall sei zusammen mit anderen

Dingen beim erzwungenen Verkauf von Waren eines anderen Kuriositätenhändlers in seinen Besitz gelangt, und da er nicht wusste, welchen Wert er haben könnte, hatte er ihn für zehn Schillinge angeboten. Zu diesem Preis hatte er ihn einige Monate lang in den Händen gehalten, und er dachte an eine "Verringerung dieses Preises", als er eine einzigartige Entdeckung machte.

Zu dieser Zeit war sein Gesundheitszustand sehr schlecht - und man muss bedenken, dass er während dieser ganzen Erfahrung in einem Zustand des Verfalls war - und er befand sich aufgrund der Vernachlässigungen, ja sogar der Misshandlungen, die er durch seine Frau und seine Stiefkinder erlitt, in beträchtlicher Bedrängnis. Seine Frau war eitel, extravagant, gefühllos und hatte eine wachsende Vorliebe für das Trinken im Privaten; seine Stieftochter war gemein und überheblich; und sein Stiefsohn hatte eine heftige Abneigung gegen ihn entwickelt und keine Chance ausgelassen, diese zu zeigen. Die Anforderungen seines Geschäfts drückten ihn stark, und Mr. Wace glaubt nicht, dass er ganz frei von gelegentlicher Trunksucht war. Er hatte sein Leben in einer komfortablen Position begonnen, er war ein Mann mit angemessener Bildung, und er litt wochenlang am Stück unter Melancholie und Schlaflosigkeit. Aus Angst, seine Familie zu stören, schlüpfte er, wenn seine Gedanken unerträglich wurden, leise von der Seite seiner Frau und wanderte durch das Haus. Und gegen drei Uhr eines Morgens, Ende August, führte ihn der Zufall in den Laden.

Der verdreckte kleine Laden war undurchdringlich schwarz, außer an einer Stelle, an der er einen ungewöhnlichen Lichtschein wahrnahm. Als er sich diesem näherte, entdeckte er das Kristall-Ei, das an der Ecke der Theke zum Fenster hin stand. Ein dünner Strahl, der durch einen Riss in den Fensterläden gedrungen war,

traf auf das Objekt und schien sozusagen sein ganzes Inneres zu füllen.

Mr. Cave fiel auf, dass dies nicht den Gesetzen der Optik entsprach, wie er sie in seiner Jugend gekannt hatte. Er konnte die Strahlen verstehen, die vom Kristall gebrochen wurden und in seinem Inneren zu einem Brennpunkt kamen, aber diese Streuung widersprach seinen physikalischen Vorstellungen. Er näherte sich dem Kristall und sah in ihn hinein und um ihn herum, mit einer vorübergehenden Wiederbelebung der wissenschaftlichen Neugier, die in seiner Jugend seine Berufung bestimmt hatte. Er war überrascht, dass das Licht nicht gleichmäßig war, sondern sich in der Substanz des Eies krümmte, als ob dieses Objekt eine Hohlkugel aus irgendeinem leuchtenden Gas wäre. Als er sich umherbewegte, um verschiedene Ansichten zu erhalten, stellte er plötzlich fest, dass er zwischen dem Objekt und dem Strahl hindurchgegangen war, und dass der Kristall dennoch weiter leuchtete. Mit großem Erstaunen hob er ihn aus dem Lichtstrahl heraus und trug ihn in den dunkelsten Teil des Ladens. Er blieb etwa vier oder fünf Minuten lang hell, dann verblasste er langsam und verlosch. Er stellte ihn in den schmalen Streifen des Tageslichts, und seine Leuchtkraft war fast sofort wieder hergestellt.

Bisher konnte Mr. Wace zumindest die bemerkenswerte Geschichte von Mr. Cave verifizieren. Er selbst hatte diesen Kristall immer wieder in einen Lichtstrahl gehalten (der einen Durchmesser von weniger als einem Millimeter haben musste). Und in perfekter Dunkelheit, wie sie durch eine Samtverpackung erzeugt werden konnte, schien der Kristall zweifellos schwach zu phosphoreszieren. Es sah jedoch so aus, als ob die Leuchtkraft von außergewöhnlicher Art wäre und nicht für alle Augen gleichermaßen sichtbar; denn Mr. Harbinger - dessen Name dem wissenschaftlichen Leser im Zusammenhang mit dem Pasteur-Insti-

11

tut bekannt sein wird - war ganz und gar nicht in der Lage, überhaupt ein Licht zu sehen. Und Mr. Waces eigene Fähigkeit zur Wahrnehmung war im Vergleich zu der von Mr. Cave nicht schlechter. Auch bei Mr. Cave variierte die Fähigkeit sehr stark: Seine Wahrnehmung war am lebhaftesten in Zuständen extremer Schwäche und Müdigkeit.

Nun übte dieses Licht im Kristall von Anfang an eine seltsame Faszination auf Mr. Cave aus. Und es sagt mehr über die Einsamkeit seiner Seele aus, als ein Werk pathetischer Schriften, sodass er keinem Menschen von seinen sonderbaren Beobachtungen erzählte. Er schien in einer so kleinlichen Atmosphäre zu leben, dass das Eingestehen der Existenz eines Vergnügens den Verlust desselben bedeutet hätte. Er stellte fest, dass der Kristall mit fortschreitender Morgendämmerung und zunehmender Streulichtmenge allem Anschein nach nicht mehr leuchtete. Und eine Zeit lang konnte er darin überhaupt nichts wahrnehmen, außer bei Nacht, in dunklen Ecken des Geschäfts.

Aber es fiel ihm die Möglichkeit ein, ein altes Samttuch zu verwenden, das er als Hintergrund für eine Mineraliensammlung benutzte, und indem er es in doppelter Stärke über seinen Kopf und seine Hände legte, konnte er die leuchtende Bewegung innerhalb des Kristalls sogar bei Tag wahrnehmen. Er war sehr vorsichtig, um nicht von seiner Frau entdeckt zu werden, und praktizierte diese Aktivität nur nachmittags, während sie oben schlief, und dann vorsichtig in einer Nische unter der Theke. Und eines Tages, als er den Kristall in seinen Händen drehte, sah er etwas. Es kam und ging wie ein Blitz, aber es erweckte in ihm den Eindruck, dass das Objekt ihm für einen Moment die Sicht auf ein weites, weites und fremdes Land eröffnet hatte; und als er den Kristall drehte, sah er, gerade als das Licht verblasste, dieselbe Vision wieder.

Nun wäre es mühsam und unnötig, von diesem Punkt aus alle Phasen der Entdeckung von Mr. Cave zu beschreiben. Es genügt, dass der Effekt so aussah: Der Kristall, in den man in einem Winkel von etwa 137 Grad aus der Richtung des Lichtstrahls blickte, gab ein klares und einheitliches Bild einer weiten und eigenartigen Landschaft. Das Bild war keineswegs traumhaft: Der Eindruck der Realität war klar, und je besser das Licht, desto realer und fester wirkte das Bild. Es war ein bewegtes Bild: das heißt, bestimmte Gegenstände bewegten sich darin, aber langsam und geordnet wie echte Dinge, und je nach der Richtung der Beleuchtung und der Blickrichtung änderte sich auch das Bild. Es muss in der Tat so gewesen sein, als ob man durch ein ovales Glas auf eine Szene schaut und das Glas dreht, um verschiedene Aspekte zu erfassen.

Mr. Caves Aussagen, versicherte mir Mr. Wace, waren extrem umständlich und völlig frei von jener emotionalen Qualität, die halluzinatorische Eindrücke verfälschen. Aber man darf nicht vergessen, dass alle Bemühungen von Mr. Wace, eine ähnliche Klarheit in der schwachen Opaleszenz des Kristalls zu sehen, völlig erfolglos waren, so oft er es auch versuchen wollte. Der Unterschied in der Intensität der Eindrücke, die die beiden Männer erhielten, war sehr groß, und es ist durchaus denkbar, dass das, was für Mr. Cave ein Bild war, für Mr. Wace nur ein verschwommener Nebel war.

Die Ansicht, wie Mr. Cave sie beschrieb, war immer eine ausgedehnte Ebene, und er schien sie immer aus einer beträchtlichen Höhe zu betrachten, wie von einem Turm oder einem Mast aus. Im Osten und Westen war die Ebene in weiter Ferne durch riesige rötliche Felsen begrenzt, die ihn an diejenigen erinnerten, die er auf irgendeinem Foto gesehen hatte; aber was das Motiv war, konnte Mr. Wace nicht feststellen. Diese Felsen erstreckten sich von Norden und Süden - er konnte die Himmelsrichtungen an den Sternen erkennen, die in der Nacht zu sehen waren -, sie zogen sich in einer fast unendlichen Weite zurück und verblassten im Nebel der Ferne, bevor sie sich vereinten. Er war näher an den östlichen Felsen, bei seiner ersten Vision ging die Sonne über ihnen auf, und schwarz gegen das Sonnenlicht und blass gegen ihren Schatten erschien eine Vielzahl von aufsteigenden Formen, die Mr. Cave als Vögel ansah. Unterhalb davon erstreckte sich eine Vielzahl von Gebäuden; er schien auf sie herabzuschauen; und als sie sich dem unscharfen und verzerrenden Bildrand näherten, wurden sie undeutlich. Es gab auch Bäume, die in Form und Farbe, in einem tiefen Moosgrün und einem exquisiten Grau, neben einem breiten und glänzenden Kanal sonderbar aussahen. Und etwas Großes und Buntes flog über das Bild. Aber als Mr. Cave diese Bilder zum ersten Mal sah, sah er sie nur in Blitzen, seine Hände zitterten, sein Kopf bewegte sich, die Vision kam und ging, und wurde neblig und undeutlich. Und anfangs hatte er die größten Schwierigkeiten, das Bild wiederzufinden, wenn die Ausrichtung des Bildes verloren ging.

Seine nächste klare Vision, die etwa eine Woche nach der ersten kam, nachdem die Zwischenzeit nichts als verlockende Einblicke und einige nützliche Erfahrungen gebracht hatte, zeigte ihm die Ansicht über die Länge des Tals. Der Anblick war anders, aber er hatte eine seltsame Überzeugung, die seine späteren Beobachtungen reichlich bestätigte, dass er diese fremde Welt von genau derselben Stelle aus betrachtete, obwohl er in eine andere Richtung blickte. Die lange Fassade des großen Gebäudes, auf dessen Dach er zuvor hinuntergeschaut hatte, rückte nun in den Hintergrund. Er erkannte das Dach wieder. Vor der Fassade befand sich eine Terrasse von massiven Ausmaßen und außergewöhnlicher Länge, und in der Mitte der Terrasse standen in bestimmten Abständen riesige, aber sehr filigrane Masten, die kleine glänzende Objekte trugen, die die untergehende Sonne reflektierten. Die Bedeutung dieser kleinen Objekte wurde Mr. Cave erst einige Zeit später klar, als er Mr. Wace die Szene beschrieb. Die Terrasse überragte ein Dickicht der üppigsten und anmutigsten Vegetation, und darüber hinaus gab es eine breite Grasfläche, auf der sich bestimmte breite Lebewesen, in der Form wie Käfer, aber enorm größer, ausruhten. Dahinter befand sich wiederum ein reich verzierter Damm aus rosafarbenem Stein; und dahinter, gesäumt von dichtem roten Gestrüpp das Tal entlang genau parallel zu den fernen Felswänden verlaufend, lag eine breite, spiegelnde Wasserfläche. Die Luft schien voll von Schwärmen großer Vögel zu sein, die in majestätischen Schleifen manövrierten; und auf der anderen Seite des Flusses befand sich eine Vielzahl prächtiger Gebäude, farbenprächtig und glitzernd mit metallischem Maßwerk und Facetten, inmitten eines Waldes moosartiger und flechtenartiger Bäume. Und plötzlich schlug etwas immer wieder über die Vision hinweg, wie das Flattern eines juwelenbesetzten Fächers oder das Schlagen eines Flügels, und ein Gesicht, oder besser gesagt der obere Teil eines Gesichts mit sehr großen Augen, kam, als ob es dem eigenen nahe stünde und als ob es sich auf der anderen Seite des Kristalls befände. Mr. Cave war so erschrocken und so beeindruckt von der absoluten Realität dieser Augen, dass er seinen Kopf vom Kristall zurückzog, um hinter diesen zu schauen. Er hatte sich so sehr in das Beobachten vertieft, dass er ziemlich überrascht war, sich in der kühlen Dunkelheit seines kleinen Ladens wiederzufinden, mit seinem vertrauten Geruch nach Methyl, Muff und Verwesung. Und als er um ihn herum blinzelte, verblasste der glühende Kristall und erlosch.

Das waren die ersten allgemeinen Eindrücke von Mr. Cave. Die Geschichte ist merkwürdig direkt und umständlich. Von Anfang an, als das Tal zum ersten Mal kurz in seinen Sinnen aufblitzte, wurde seine Vorstellungskraft auf seltsame Weise beeinflusst, und als er begann, die Details der Szene, die er sah, zu verstehen, steigerte sich seine Bewunderung zu einer Leidenschaft. Er ging lustlos und verstört seinen Geschäften nach und dachte nur noch an den Zeitpunkt, an dem er in der Lage sein würde, zu seiner Beobachtung zurückzukehren. Und dann, einige Wochen nach seinem ersten Blick auf das Tal, kamen die beiden Kunden, der Stress und die Aufregung über ihr Angebot und die knappe Rettung des Kristalls vor dem Verkauf, wie ich bereits gesagt hatte.

Nun, obwohl das Ding das Geheimnis von Mr. Cave war, blieb es ein reines Wunder, ein Ding, an das man sich heimlich heranschleichen und es beobachten konnte, wie ein Kind in einen verbotenen Garten spähen konnte. Aber Mr. Wace hat, für einen jungen wissenschaftlichen Forscher, eine besonders klare und konsequente Geisteshaltung. Gleich danach kamen der Kristall und dessen Geschichte zu ihm, und er hatte sich durch eigene Beobachtung der Phosphoreszenz mit seinen Augen davon überzeugt, dass es wirklich einen gewissen Beweis für Mr. Caves Aussagen gab, und er fuhr fort, die Angelegenheit systematisch weiterzuverfolgen. Mr. Cave war nur allzu begierig darauf, zu kommen und seine Augen in diesem Wunderland, das er sah, zu weiden, und er kam jede Nacht von halb neun bis halb zehn, und manchmal, in Mr. Waces Abwesenheit, auch tagsüber. Am Sonntagnachmittag kam er ebenfalls. Von Anfang an machte sich Mr. Wace reichlich Notizen, und es war seiner wissenschaftlichen Methode zu verdanken, dass der Zusammenhang zwischen der Richtung, aus der der einleitende Strahl in den Kristall eindrang, und der Ausrichtung des Bildes bestätigt werden konnte. Und indem er den Kristall in einen Kasten mit einer nur kleinen Öffnung einhüllte, um den anregenden Strahl einzulassen, und indem er seine Raffrollos durch schwarzes holländisches Material ersetzte, verbesserte er die Beobachtungsbedingungen erheblich, sodass sie in kurzer Zeit in der Lage waren, das Tal in jeder gewünschten Richtung zu beobachten.

Nachdem wir also den Weg klar beschrieben haben, können wir einen kurzen Bericht über diese visionäre Welt im Inneren des Kristalls geben. Die Dinge wurden in allen Fällen von Mr. Cave gesehen, und die Arbeitsmethode bestand immer darin, dass er den Kristall beobachtete und berichtete, was er sah, während Mr. Wace (der als Wissenschaftsstudent den Trick gelernt hatte, im Dunkeln zu schreiben) eine kurze Notiz seines Berichts schrieb. Als der Kristall verblasste, wurde er in der vorgesehenen Position in seinen Kasten gelegt und das elektrische Licht eingeschaltet. Mr. Wace stellte Fragen und schlug Beobachtungen vor, um schwierige Punkte zu klären. Nichts hätte in der Tat weniger visionär und sachlicher sein können.

Die Aufmerksamkeit von Mr. Cave war schnell auf die vogelähnlichen Kreaturen gelenkt worden, die er in jeder seiner früheren Visionen so reichlich gesehen hatte. Sein erster Eindruck wurde bald korrigiert, und er überlegte eine Zeit lang, dass sie eine tagaktive Fledermausart darstellen könnten. Dann dachte er, groteskerweise, dass es Cherubim sein könnten. Ihre Köpfe waren rund und merkwürdig menschlich, und es waren die Augen eines von ihnen, die ihn bei seiner zweiten Beobachtung so erschreckt hatten. Sie hatten breite, silberne Flügel, die nicht gefiedert waren, sondern fast so glänzend wie frisch geschlachtete Fische und mit dem gleichen subtilen Farbspiel glänzten, und diese Flügel waren nicht nach dem Prinzip eines Vogelflügels oder einer

Fledermaus gebaut, wie Mr. Wace erfuhr, sondern von gebogenen Rippen getragen, die vom Körper strahlenförmig austraten. (Eine Art Schmetterlingsflügel mit gebogenen Rippen scheint ihr Aussehen am besten auszudrücken). Der Körper war klein, aber mit zwei Gruppen von Greiforganen, wie langen Tentakeln, unmittelbar unter dem Mund befestigt. So unglaublich es Mr. Wace auch erschien, die Überzeugung wurde endlich unwiderstehlich, dass es diese Kreaturen waren, die die großen quasimenschlichen Gebäude und den großartigen Garten besaßen, die das weite Tal so prächtig aussehen ließen. Und Mr. Cave erkannte, dass die Gebäude, zusammen mit anderen Besonderheiten, keine Türen hatten, sondern dass die großen runden Fenster, die sich frei öffneten, den Kreaturen Ausgang und Eingang gewährten. Sie legten ihre Tentakel an, falteten ihre Flügel zu einer kleinen, fast stabförmigen Form und hüpften ins Innere. Aber unter ihnen gab es eine Vielzahl kleinerer Flügeltiere, wie große Libellen und Motten und fliegende Käfer, und über die grüne Wiese krabbelten in leuchtenden Farben riesige Laufkäfer faul hin und her. Außerdem waren auf den Dämmen und Terrassen großköpfige Kreaturen zu sehen, die den größeren geflügelten Fliegen ähnlich, aber flügellos waren und eifrig auf ihrem handförmigen Geflecht von Tentakeln hüpften.

Auf die glitzernden Objekte auf den Masten, die auf der Terrasse des näheren Gebäudes standen, wurde bereits hingewiesen. Nachdem Mr. Cave an einem besonders lebhaften Tag einen dieser Masten sehr genau betrachtet hatte, dämmerte es ihm, dass das glitzernde Objekt dort ein Kristall war, der genau dem entsprach, in den er schaute. Und eine noch sorgfältigere Untersuchung überzeugte ihn, dass jeder dieser Masten in einer Ansammlung von fast zwanzig ein ähnliches Objekt trug.

Gelegentlich flatterte eines der großen fliegenden Geschöpfe zu einem hinauf und faltete seine Flügel und wickelte eine Anzahl seiner Tentakel um den Mast, wobei es den Kristall fest im Blick behielt - manchmal bis zu fünfzehn Minuten lang. Und eine Reihe von Beobachtungen, die auf Anregung von Mr. Wace gemacht wurden, überzeugten beide Beobachter, dass der Kristall, in den sie schauten, in Bezug auf diese visionäre Welt tatsächlich auf der Spitze des äußersten Mastes auf der Terrasse stand, und dass bei einer Gelegenheit mindestens einer der Bewohner dieser anderen Welt in das Gesicht von Mr. Cave geschaut hatte, während er diese Beobachtungen machte.

Soviel zu den wesentlichen Fakten dieser sehr eigenartigen Geschichte. Wenn wir das Ganze nicht als die geniale Fälschung von Mr. Wace abtun, müssen wir eines von zwei Dingen glauben: Entweder, dass der Kristall von Mr. Cave sich in zwei Welten gleichzeitig befand, und dass er, während er in der einen Welt umhergetragen wurde, in der anderen stationär blieb, was völlig absurd anmutet; oder aber, dass er eine eigentümliche Sympathiebeziehung zu einem anderen und genau ähnlichen Kristall in dieser anderen Welt hatte, sodass das, was im Inneren des einen von dieser Welt gesehen wurde, unter geeigneten Bedingungen für einen Beobachter im entsprechenden Kristall der anderen Welt sichtbar war; und umgekehrt. Gegenwärtig wissen wir in der Tat keine Möglichkeit, wie zwei Kristalle so miteinander in Wechselwirkung treten können, aber wir wissen heute genug, um zu verstehen, dass die Sache nicht ganz unmöglich ist. Diese Auffassung der Kristalle als eine Verbindung war die Hypothese, die Mr. Wace in den Sinn kam, und zumindest mir erscheint sie äußerst plausibel ...

Und wo war diese andere Welt? Auch in diesem Fall warf die aufmerksame Intelligenz von Mr. Wace schnell Licht darauf. Nach Sonnenuntergang verdunkelte sich der Himmel schnell - es gab tatsächlich eine sehr kurze Dämmerungsphase - und die Sterne schienen heraus. Sie waren erkennbar die gleichen wie die, die wir sehen, in den gleichen Konstellationen angeordnet. Mr. Cave erkannte den Bären, die Plejaden, Aldebaran und Sirius: Die andere Welt muss also irgendwo im Sonnensystem liegen, und zwar höchstens ein paar Hundert Millionen Kilometer von unserer eigenen entfernt. Als er diesem Hinweis nachging, erfuhr Mr. Wace, dass der Mitternachtshimmel ein dunkleres Blau hatte als unser Mittwinterhimmel, und dass die Sonne etwas kleiner schien. Und es gab zwei kleine Monde! "Wie unser Mond, aber kleiner, und ganz anders gezeichnet", von denen sich einer so schnell bewegte, dass seine Bewegung deutlich sichtbar war, wenn man ihn betrachtete. Diese Monde standen nie hoch am Himmel, sondern verschwanden mit ihrem Aufgang: das heißt, jedes Mal, wenn die Himmelskörper umeinander kreisten, wurden sie abgedunkelt, weil sie ihrem Primärplaneten so nahe waren. Und all dies beantwortet ziemlich gut, auch wenn Mr. Cave es nicht wusste, wie es auf dem Mars wohl aussehen musste.

In der Tat scheint es eine überaus plausible Schlussfolgerung zu sein, dass Mr. Cave beim Blick in diesen Kristall tatsächlich den Planeten Mars und seine Bewohner gesehen hat. Und wenn das der Fall ist, dann war der Abendstern, der am Himmel dieser Fernsicht so glänzend leuchtete, nicht mehr und nicht weniger als unsere vertraute Erde.

Eine Zeit lang schienen die Marsbewohner - wenn sie überhaupt Marsbewohner waren - nichts von Mr. Caves Inspizierung gewusst zu haben. Ein- oder zweimal kam jemand, um einen Blick in den Kristall hineinzuwerfen, und ging sehr bald wieder weg zu einem anderen Mast, als ob die Fernsicht unbefriedigend

wäre. Während dieser Zeit konnte Mr. Cave die Aktivitäten dieser geflügelten Wesen beobachten, ohne durch ihre Aufmerksamkeit gestört zu werden, und obwohl sein Bericht notwendigerweise vage und bruchstückhaft ist, ist er dennoch sehr suggestiv. Stellen Sie sich den Eindruck einer Menschheit vor, den ein marsianischer Beobachter bekäme, der nach einem schwierigen Vorbereitungsprozess und mit erheblicher Ermüdung der Augen vom Kirchturm der St. Martin's-Kirche aus über Zeitabschnitte von höchstens vier Minuten auf London blicken könnte. Mr. Cave konnte nicht feststellen, ob die geflügelten Marsianer die gleichen waren wie die Marsianer, die über die Dämme und Terrassen hüpften, und ob Letztere sich nach Belieben Flügel anlegen konnten. Mehrmals sah er einige unbeholfene Zweibeiner, die schwach an Affen erinnerten, weiß und teilweise durchscheinend, zwischen einigen der Flechtenbäume fressend, und einmal flohen einige von ihnen vor einem der hüpfenden, rundköpfigen Marsianer. Letzterer fing einen mit seinen Tentakeln, und dann verblasste das Bild plötzlich und ließ Mr. Cave höchst gespannt in der Dunkelheit zurück. Bei einer anderen Gelegenheit erschien ein riesiges Ding, von dem Mr. Cave zunächst dachte, es handele sich um ein gigantisches Insekt, das mit außergewöhnlicher Schnelligkeit auf dem Damm neben dem Kanal vorrückte. Als dieses näherkam, erkannte Mr. Cave, dass es sich um einen Mechanismus aus glänzendem Metall und von außerordentlicher Komplexität handelte. Und als er wieder hinsah, war es nicht mehr zu sehen.

Nach einiger Zeit wollte Mr. Wace die Aufmerksamkeit der Marsianer auf sich ziehen, und das nächste Mal, als die seltsamen Augen eines von ihnen in der Nähe des Kristalls erschienen, schrie Mr. Cave auf und sprang davon, und sie schalteten sofort das Licht ein und begannen, in einer Weise zu gestikulieren, die an ein Signal erinnerte. Aber als Mr. Cave endlich den Kristall wieder untersuchte, war der Marsianer fortgegangen.

Diese Beobachtungen waren Anfang November so weit fortgeschritten, und dann begann Mr. Cave, als er das Gefühl hatte, dass der Verdacht seiner Familie über den Kristall zerstreut war, ihn mit nach Hause zu nehmen, damit er sich, je nach Tages- oder Nachtzeit, mit dem trösten konnte, was sich schnell zum realsten Ding seiner Existenz entwickelte.

Im Dezember wurde Mr. Waces Tätigkeit im Zusammenhang mit einer bevorstehenden Studie sehr stressig, die Sitzungen wurden widerwillig für eine Woche unterbrochen, und zehn oder elf Tage lang - er ist sich nicht ganz sicher, wie viel Tage - sah er nichts von Cave. Dann wurde er ungeduldig, diese Forschungen wieder aufzunehmen, und da der Stress seiner saisonalen Arbeit nachließ, ging er zu Seven Dials hinunter. An der Ecke bemerkte er einen hochgezogenen Rollladen vor dem Fenster eines Vogelhändlers, und dann noch einen bei einem Schuster. Der Laden von Mr. Cave war geschlossen.

Er klopfte und die Tür wurde von dem schwarz gekleideten Stiefsohn geöffnet. Sofort rief er Mrs. Cave, die, wie Mr. Wace nur beobachten konnte, in billigem, aber reichlich vorhandenem Witwenzeug mit imposantem Muster herumlief. Ohne große Überraschung erfuhr Mr. Wace, dass Cave tot und bereits begraben war. Sie war in Tränen aufgelöst, und ihre Stimme war etwas verstellt. Sie war gerade aus Highgate zurückgekehrt. Ihr Geist schien mit ihren eigenen Angelegenheiten und den ehrenvollen Details der Trauerfeier beschäftigt, aber Mr. Wace war wenigstens in der Lage, die Einzelheiten von Caves Tod zu erfahren. Er war am frühen Morgen, am Tag nach seinem letzten Besuch bei Mr. Wace, tot in seinem Laden gefunden worden, und der Kristall war von seinen eiskalten Händen um-

klammert gewesen. Sein Gesicht lächelte, sagte Mrs. Cave, und das Samtgewebe der Mineralien lag zu seinen Füßen auf dem Boden. Er muss fünf oder sechs Stunden tot gewesen sein, als er gefunden wurde.

Dies war ein großer Schock für Wace, und er begann, sich bittere Vorwürfe zu machen, weil er die einfachen Symptome der Krankheit des alten Mannes vernachlässigt hatte. Aber sein Hauptgedanke war der des Kristalls. Er näherte sich diesem Thema auf eine behutsame Weise, denn er kannte die Eigenheiten von Mrs. Cave. Er war verblüfft, als er erfuhr, dass er verkauft worden sei.

Mrs. Caves erster Impuls, direkt die Leiche von Cave nach oben zu bringen, war gewesen, dem verrückten Geistlichen zu schreiben, der fünf Pfund für den Kristall geboten hatte, und ihn über dessen Wiedererlangung zu informieren; aber nach einer intensiven Suche, bei der sich ihre Tochter zu ihr gesellte, waren sie vom Verlust seiner Anschrift überzeugt. Da sie nicht über die Mittel verfügten, um zu trauern und Cave in dem aufwendigen Stil zu begraben, den die Würde eines alten Seven Dials-Bewohners verlangte, hatten sie sich an einen freundlichen Geschäftskollegen in der Great Portland Street gewandt. Er hatte sehr freundlich einen Teil des Bestandes zu einer Bewertung mitgenommen. Die Schätzung war seine eigene, und das Kristallei war in einer der Partien enthalten. Mr. Wace eilte nach einigen geeigneten tröstlichen Bemerkungen, die er vielleicht etwas leichtfertig abgab, sofort zur Great Portland Street. Dort erfuhr er jedoch, dass das Kristallei bereits an einen großen, dunklen Mann in Grau verkauft worden war. Und dort fanden die materiellen Tatsachen in dieser merkwürdigen und für mich zumindest sehr suggestiven Geschichte ein jähes Ende. Der Händler in der Great Portland Street wusste weder, wer der große, dunkle Mann in Grau war, noch hatte er ihn mit genügend Aufmerksamkeit wahrgenommen, um ihn genau zu beschreiben. Er wusste nicht einmal, welchen Weg diese Person nach dem Verlassen des Geschäfts gegangen war. Eine Zeit lang blieb Mr. Wace im Geschäft, versuchte die Geduld des Händlers mit hoffnungslosen Fragen auf die Probe zu stellen und seiner eigenen Verzweiflung Luft zu machen. Und schließlich, als er plötzlich bemerkte, dass das Ganze aus seinen Händen geglitten war, dass es wie eine Vision der Nacht verschwunden war, kehrte er in seine eigenen Räumlichkeiten zurück, ein wenig erstaunt darüber, dass die Notizen, die er gemacht hatte, immer noch greifbar und sichtbar auf seinem unordentlichen Tisch lagen.

Sein Ärger und seine Enttäuschung waren natürlich sehr groß. Er rief noch einmal (ebenso unwirksam) den Händler in der Great Portland Street an und griff auf Anzeigen in solchen Zeitschriften zurück, die einem Sammler von Nippsachen in die Hände fallen können. Er schrieb auch Briefe an "The Daily Chronicle" und "Nature", aber diese beiden Zeitschriften vermuteten einen Schwindel und baten ihn, sein Vorgehen vor dem Druck zu überdenken, und man wies ihn darauf hin, dass eine so seltsame Geschichte, die leider so wenig Beweise enthält, seinen Ruf als Forscher gefährden könnte. Darüber hinaus waren die Aufgaben seiner eigentlichen Arbeit vordringlich. Sodass er nach etwa einem Monat, abgesehen von einer gelegentlichen Erinnerung an bestimmte Händler, die Suche nach dem Kristallei nur widerwillig aufgab, und von diesem Tag an bis heute blieb es unentdeckt. Gelegentlich jedoch, so sagte er mir, und ich kann ihm durchaus glauben, hat er Ausbrüche von Enthusiasmus, in denen er seine dringendere Beschäftigung aufgibt und die Suche wieder aufnimmt.

Ob der Kristall für immer verloren bleiben wird oder nicht, mit der Materie und seinem Ursprung, ist zum jetzigen Zeitpunkt ebenso spekulativ. Wenn der derzeitige Käufer ein Sammler wäre, hätte man erwarten können, dass die Anfragen von Mr. Wace bei den Händlern Erfolg gehabt hätten. Er konnte den Geistlichen von Mr. Cave und den "Orientalen" ausfindig machen, die niemand anderes waren als Pastor James Parker und der junge Prinz von Bosso-Kuni von Java. Ich bin ihnen für bestimmte Einzelheiten dankbar. Das Ziel des Prinzen war einfach Neugierde - und Extravaganz. Er war so begierig zu kaufen, weil Cave so seltsam zurückhaltend beim Verkauf war. Es ist ebenso möglich, dass der Käufer in der zweiten Instanz nur ein Gelegenheitskäufer und überhaupt kein Sammler ist, und das Kristall-Ei, so weit ich es beurteilen kann, befindet sich im Augenblick vielleicht nur eine Meile von mir entfernt, schmückt einen Salon oder dient als Briefbeschwerer - seine bemerkenswerten Funktionen sind allen anderen unbekannt. In der Tat habe ich diese Erzählung zum Teil mit der Idee einer solchen Möglichkeit in eine Form gebracht, die es dem normalen Liebhaber von Belletristik ermöglicht, sie zu lesen.

Meine eigenen Vorstellungen in dieser Angelegenheit sind praktisch identisch mit denen von Mr. Wace. Ich glaube, dass der Kristall auf dem Mast auf dem Mars und das Kristallei von Mr. Cave auf irgendeine physische, aber zurzeit ziemlich unerklärliche Weise miteinander kommunizieren, und wir beide glauben weiterhin, dass der irdische Kristall - möglicherweise zu einem längst vergangenen Zeitpunkt - von jenem Planeten hierher geschickt worden sein muss, um den Marsianern einen genauen Einblick in unsere Verhältnisse zu geben. Möglicherweise sind die Gegenstücke der Kristalle der anderen Masten auch auf unserem Globus. Keine Theorie über Halluzinationen vermag den Tatsachen gerecht zu werden.

ENDE

Eine Terrornacht

Von Arthur Leo Zagat [2]

I. - Die aufsteigende Angst

In der Dunkelheit konnte Norma Lloyd die kleine Brücke über den Wayne Creek nicht sehen, aber sie wusste durch das hohle Rumpeln der Bretter unter dem Roadster, dass sie sich auf ihr befanden. Von unten war das Rauschen des von Tauwasser angeschwollenen Stroms gierig, unheilvoll zu hören, und die Hügel, die das Hidden Valley umschlossen, schwarz vor schwarzem Himmel, schienen nahe, zu nahe. Sie glichen den sich unaufhaltsam bewegenden Mauern einer monströsen Inquisition, die unmerklich nach innen drängte, unmerklich nach innen, bis ihr Opfer dazwischen zermalmt werden musste. Das Mädchen zitterte und zuckte mit den Achseln und rückte näher an ihren Gefährten heran. Die Reibung seines rauen Tweedärmel gegen ihre Wange, der scharfe Duft von Tabak, gaben ihr ein dankbares Gefühl der Sicherheit. Sie fühlte die Schwellung seines Bizeps, als er das Auto um eine unsichtbare, vertraute Kurve schlingerte, und eine Aura von männlichem Schutz umhüllte sie. Das Auto wurde langsamer.

"Ich habe Angst, dass der Sturm uns erwischt, wenn wir laufen, Schatz", erklang Ted Stones warme, tiefe Stimme. "Vielleicht sollten wir besser direkt zum Haus fahren." Sein Gesicht war in der Düsternis nur ein blasseres Oval, aber Norma sah jede breit gefächerte Linie davon. Seine Mundwinkel würden sich in dem zarten halben Lächeln, das nur für sie allein bestimmt war, zusammenziehen. "Ich werde die Scheinwerfer einschalten und die obere Straße nehmen."

"Nein." Ihr Ton war scharf. "Nein, Ted. Sie werden dann wissen, dass ich mit dir aus war und ..."

"Was ist damit? Die Sabins haben kein Recht, dir Vorschriften zu machen. Sie sind nichts als Bedienstete ..."

"Ted!", rief sie empört. "Ich will nicht, dass du sie Bedienstete nennst. Sie sind echte Freunde. Du weißt sehr gut, dass Prudence die einzige Mutter ist, die ich je gekannt habe, und dass Silas mir ergeben ist."

"Und warum auch nicht? Er bekommt ein schönes Zuhause und einen guten Lohn. Er ..."

"Theodore Stone!" Sie zog sich von ihm zurück. "Hör auf damit. Hör sofort damit auf! Nur weil du Silas nicht magst, brauchst du nicht dauernd darauf hinzuweisen ..."

Der Ruck des Autos beim Bremsen führte dazu, dass Norma stockte. Ein Blitz flackerte hinter dem entfernten Talausgang, und mit seiner Beleuchtung schien der Eichenberg eine hoch aufragende, gezackte Ebenholzpyramide zu sein. Sogar im Stress des Streitgesprächs der Liebenden zog sich das Gefühl der Furcht, des drohenden Unheils, wieder über Norma zusammen. Aber sie wollte es weder Ted noch sich selbst gegenüber zugeben. Ihre stolprige Rede wurde nur kurz unterbrochen; doch trotz allem war ihr Ton gedämpft, als sie fortfuhr:

---

2   Originaltitel *One Night of Terror* veröffentlicht im Dime Mystery Magazine, 1934

"Ich habe nie das Gefühl gehabt, dass sie Bedienstete waren, und sie auch nicht. Ich würde ihnen um nichts in der Welt wehtun. Wie auch immer, wir müssen an Jeefers denken."

"Das ist richtig!" gab Ted zu. "Ich vergaß, dass du mit ihm ins Dorf hättest fahren sollen."

"Ja. Und er wartet jetzt auf der Straße, damit wir wieder zusammen zurückkommen können. Wenn Silas herausfinden würde, dass ich in Wirklichkeit mit dir zusammen war, wäre Jeefers der Leidtragende. Er ist irritierend langsam und ungeschickt bei seiner Arbeit, mit dem kurzen Arm und dem verdrehten Fuß, und der alte Mann wäre nur allzu froh über einen Vorwand, ihn zu entlassen."

"Damit ist die Sache erledigt, Mädchen. Ich schätze, wir müssen die Abkürzung nehmen. Aber ich würde mich aufhängen, wenn es mir gefallen sollte." Der robuste Ton des jungen Anwalts war etwas beunruhigend.

"Normalerweise magst du den Spaziergang am Bach." Ein Hauch von Normas üblicher fröhlicher Neckerei erklang in ihrer leisen Stimme: "Warum die plötzliche Aversion?"

"Komm schon! Wir müssen uns beeilen." Stone war aus dem Auto gestiegen und hob das Mädchen heraus. Ihre Lippen trafen sich, und sie klammerte sich für einen Moment an ihn. Dann waren sie von der Straße abgebogen und folgten einem völlig vertrauten Weg, sodass die Hilfe der Lampe, die Ted trug, nicht mehr nötig war. "Das ist es nicht", antwortete er auf Normas Bemerkung. "Ich meinte dieses Hintertür- und Ecken-Getue, dieses Herumschleichen. Eine schöne Sache für den stellvertretenden Staatsanwalt von Calkin County, seine Geliebte hinter den Bäumen treffen zu müssen."

Büsche raschelten, als sich das Paar durch sie hindurchdrängte, wildes Wasser kochte zu ihrer Rechten und ein weit entfernter Donner rollte. Aber Ted hörte nur den teils spöttischen, teils liebevollen Klang der Zurechtweisung durch sein Gegenüber: "Oh Teddy-Boy, wann wirst du endlich lernen, Geduld zu haben? Es ist nur noch für einen Monat. Dann werde ich zwanzig, Dads Wille lässt uns heiraten, und - ohhh!" Normas plötzlicher Schrei wurde von einem Platschen begleitet.

"Was zum ..." Stones Lichtstrahl strahlte auf ... Er wies auf das Mädchen am matschigen Bachufer hin, nur wenige Zoll von dem tosenden, wütenden Strom entfernt. Ted beugte sich vor und hob sie auf ihre Füße. "Bist du verletzt, Liebes?"

"Ich - Ich glaube nicht. Ein Teil des Ufers hat nachgegeben. Siehst du ..." Sie zeigte darauf. Es war eine Mulde zu sehen, wo die Erde in das schäumende Wasser gerutscht war. Dann keuchte sie: "Sieh mal, Ted. Was ist denn das? Was ist das?"

Der Mann folgte der Linie ihres zitternden Fingers; er sah das, was sein Licht offenbarte. "Großer Gott!"

Am Rand des Lichtflecks erschien ein Graues Etwas gegen das Schwarzbraun des Schlammes abgesetzt, wie graue Würzelchen, die sich kräuselten. Es war eine Hand, eine Knochenhand, die fleischbefreiten Fingerglieder krallten sich, als ob sie am Boden kratzten. Nur diese grässliche Hand war zu sehen; der Rest war auf schreckliche Weise von Schwärze bedeckt.

Die Bedrohung durch die schauerliche Nacht stand unmittelbar bevor, persönlich. Ein rumpelndes Donnergrollen erfüllte das Tal, und der Himmel war von einem flatternden, unheimlichen Licht erhellt. Norma umklammerte Teds Arm, ihre Finger gruben sich in seine Muskeln. Eine Minute lang starrten die beiden auf das, was auf ihrem Weg lag. Dann bewegte sich die Lampe in Stones kalten Fingern, und der Lichtfleck glitt über den Morast, glitt an einem knöchernen Arm entlang, beleuchtete einen Schädel, aus dem Wirbel, wie störende Anhängsel hervorsprossen. Rippen verzweigten sich, wölbten sich nach unten in den Schlamm, und der Schlamm lief flüssig von den langen Beinknochen weg, an denen nasse Zehen zupften.

"Guter Gott", murmelte Stone noch einmal, langsam.

Die Stimme des Mädchens war dünn, von Hysterie erfüllt. "Ted", murmelte sie. "Ted", sagte sie. Siehst du das? Ted, siehst du?"

"Dass die Rückseite des Schädels eingedrückt ist. Ja. Der Mann wurde ermordet."

"Das auch." Sie zwang sich zum Sprechen durch ihre eingeschnürte Kehle. "Aber die ... die Arme. Der linke Fuß ..."

Ihr schnelles Auge hatte etwas entdeckt, was er übersehen hatte. Ted schaute näher hin und die Kälte kroch seinen Rücken hinauf. Ein ausgestreckter Arm war länger als der andere; der linke Knöchel war seltsam deformiert. Wäre er noch am Leben, aufgerichtet, wäre der eine Fuß des Mannes seitlich verdreht. Genau so war Jeefers Fuß verdreht, genau so waren seine Arme missgestaltet, der Hausmeister, der hier in der Nähe auf Norma auf der Straße wartete. Wer sollte hier auf Norma warten ...

"Es ist, Jeefers, Ted. Es ist Jeefers."

"Nein", stöhnte er fast. "Du hast ihn vor zwei Stunden lebend gesehen. Selbst wenn ihm in der Zeit etwas zugestoßen wäre, hätte er in so kurzer Zeit nicht so werden können."

Etwas, ein plumper, fahler Wurm, kroch aus einer Augenhöhle.

"Aber es kann nicht zwei Männer mit solchen Armen geben, mit einem einfach so verdrehten Fuß. Es kann nicht ..."

Blaues Licht explodierte und ohrenbetäubendes Donnergrollen hallte durch das Tal. Eine Windmauer stürzte herab und heulte in einem Sirenenstoß; große Regentropfen prasselten auf sie nieder. Ted wirbelte zu dem Mädchen herum, packte ihren Arm. "Komm schon Norma, wir müssen rennen."

Die weite Wiese, die sie überqueren mussten, durchnässt und mit schnellen, ausrutschenden Schritten, war zum See geworden, durch den ein Sturzbach floss, die Straße dahinter war ein Fluss. Durch den strömenden Regen konnte man das Haus nicht mehr sehen, bis sie über die Stufen stolperten. Stone trug Norma zur Hälfte auf die Veranda. Hier konnten sie etwas anderes als Wasser atmen, aber es war ein dürftiger Schutz. "Geh hinein", keuchte er. "Und ich werde versuchen, zu meinem Auto an der Straße zurückzukommen."

"Du wirst hier bleiben müssen, Ted." Das Mädchen tupfte erfolglos das Wasser ab, das aus ihrem Haar über ihre Stirn strömte. "Damit kommst du nirgendwo hin."

"Aber die Sabins ..."

"Vergiss Silas. Diesmal ist es anders. Ich würde bei dem Wetter keinen Hund rausschicken, geschweige denn dich. Du musst bleiben."

Eine sich öffnende Tür wurde von einem gelblichen Licht umrandet; in ihrer Öffnung war eine schwarze Figur als Silhouette zu erkennen. Die Stimme eines alten Mannes zitterte: "Wer ist da? Wer ist da?"

"Ich, Silas. Ich bin durchnässt."

"Komm herein. Dann komm herein. Wer ist da bei dir?"

"Mr. Stone. Beeil dich, Ted. Prudence wird mir auf die Nerven gehen, wenn wir ihren schönen Flur nass machen. Der Regen weht herein."

Es schien nichts anderes zu tun zu geben. Stone folgte Norma hinein, half Sabin, die Tür gegen den Winddruck zuzudrücken. Der Riegel klemmte, der alte Mann schob einen Riegel in die Fassung und wandte sich dem tropfenden Paar zu. Er war groß, kräftig gebaut; aber seine Kleider hingen lose an seinem hageren Körper, und zwischen seinem Kragen und der lederartigen, verschrumpelten Haut seines altersgemäßen Halses war ein halber Zentimeter Platz. Seine Wangen waren hohl, und dazwischen ragte seine große Nase hervor wie ein Felsvorsprung an einer felsigen Küste. Ein Tabakfleck umrandete das Weiß seines ungleichmäßigen Schnurrbarts. Seine Augen - Norma sah nur Freundlichkeit in ihrem verblassten Blau, während ihr Verlobter darauf bestand, dass sie verschlagen und intrigant seien - blickten nun kurzsichtig auf das Mädchen. "Du bist ganz nass", stellte er fest.

"Silas", stieß das Mädchen aus. "Jeefers ..."

Sabin deutete mit der Nasenspitze auf den verhangenen Durchgang, hinter dem sich der Salon befand. Gruselige Stimmen krächzten von innen. Die blutleeren Lippen des alten Mannes bewegten sich und formten stumme Worte. "Pass auf!"

In der Eingangshalle herrschte plötzlich Anspannung, und Norma bemerkte, dass Silas' Hände, knorrig, aber fast transparent, leicht zitterten. Ein Gedanke glitt blitzschnell durch ihr Gehirn. Er wollte nicht, dass die Männer drinnen von Jeefers hörten, er wusste etwas, wagte aber nicht zu sprechen. Wer waren eigentlich die Besucher? Die Lloyd-Farm war zehn Meilen von ihrem nächsten Nachbarn entfernt, und Besucher waren selten.

Warum war Silas so schrecklich verängstigt?

Ted brach das gespannte Schweigen. "Du gehst besser nach oben und ziehst dir trockene Sachen an, Norma." Er hatte auch etwas bemerkt und versuchte, sie wegzubringen.

Das Mädchen hielt ihre Stimme gleichmäßig. Sie musste herausfinden, was vor sich ging. "Du hast recht! Silas, würdest du Prudence bitten, heraufzukommen, um mir zu helfen?"

Sabins Augen waren getrübt. Er machte eine kleine ineffektive Geste. "Prue ist drinnen. Sie ist beschäftigt." Sein besorgter Blick schweifte zur Wohnzimmertür. Er versuchte, eine Nachricht zu übermitteln, aber Norma konnte ihn nicht verstehen. Die Stimmen im Inneren waren verstummt; es herrschte eine lauschende Stille. Norma traf eine Entscheidung. Sie bewegte sich schnell, zu schnell, als dass Sabin oder Ted sie hätten aufhalten können. Ihre Hand lag auf dem Vorhang und sie schob ihn beiseite.

Der überladene, antike Raum wurde nur von tanzenden Flammen im Kamin beleuchtet. Zwei Fremde saßen zu beiden Seiten des Kamins, das Feuer konzentrierte sich auf sie wie ein theatralischer Scheinwerfer. Einer war schlank, kurz. Sein dunkles, scharfes Gesicht war wie ein Frettchen, sein Mund ein dünner, grausamer Schlitz.

Der andere quoll über seinen großen Stuhl, wölbte sich durch Zwischenräume. Seine Hände waren Kleckse aus ungeformtem Teig an den Enden säulenförmiger Arme, die über einen wogenden, gebirgigen Unterleib gefaltet waren. Sein gewaltiger Kopf, völlig unbehaart, präsentierte ein Gesicht, welches eine große Leere war, gesprenkelt mit einem winzigen roten Mund und schweineähnlichen Augen, die fast von Wellen aus gelb-rosa Fleisch überwuchert wurden. Das Mädchen dachte an den grauenvollen Wurm, der aus einer leeren Augenhöhle gequollen war und zitterte. Dieser Mann war wie diese Kreatur der Fäulnis, vergrößert ...

Eine pfeifende, dünne Stimme erschreckte sie. "Guten Abend, junge Dame", sagte sie. Die Lippen des dicken Mannes hatten sich bewegt, aber es dauerte einen Augenblick, bis ihr klarwurde, dass ein so riesiger Körper einen so schwachen Ton von sich gab. "Verzeihen Sie, dass ich nicht aufstehe, meine Masse muss meine Entschuldigung sein." Seine präzise Äußerung hatte einen leicht fremden Beigeschmack, die kleinste Andeutung von fremdem Blut. "Steh auf, Juan, wo sind deine Manieren?" Seine winzigen Augen bewegten sich nicht von ihr weg, als er den Befehl schrillte, aber der andere zuckte von seinem Sitz hoch wie ein Automat. Etwas glitzerte unter seinem ungekämmten schwarzen Haar. Der letzte Hauch von Unwirklichkeit wurde der Szene hinzugefügt, als Norma sah, dass es sich um einen goldenen Ohrring handelte.

"Guten Abend?" Um nichts in der Welt hätte Norma die beiden Worte vermeiden können, aber sie erfand den fragenden Tonfall. Die Fenster klapperten, als der Sturm gegen die Scheiben prasselte, und der Wolkenbruch war ein ständiges Trommeln. Das Mädchen wünschte sich lieber in den Sturm hinaus als hierher in die Wärme und Trockenheit mit diesen Männern. Sie hatten etwas Feindseliges an sich, etwas Tödliches.

Man antwortete ihr ... "Wir fuhren vorbei, und der Sturm fegte über uns hinweg. Ihr Hausmann war so gut, uns zu erlauben, hier Schutz zu suchen." Die Art, wie er sie ansah, machte Norma bewusst, dass ihre durchnässte Kleidung aufschlussreich an ihrer Figur hing. Sie versuchte, sie mit tauben Fingern wegzuziehen. "Erlauben Sie mir, mich vorzustellen. Ich bin John Smith." Er log natürlich und wollte, dass sie es wusste.

"Ich bin Norma Lloyd." Sie spürte Teds Anwesenheit hinter sich.

"Und das ist Mr. Stone." Das Feuer flackerte auf, sein Licht drang in eine bis dahin schattige Ecke hinter Juan, und sie sah Prudence dort, aufrecht auf einer Stuhlkante sitzend. Das Gesicht der Frau war von Angst geprägt, als sie am Saum ihrer Schürze drehte. Es war offensichtlich, dass sie fliehen wollte, sich aber nicht traute. War dies die Erklärung für Silas' seltsame Handlungen draußen? War seine Frau wegen seiner Diskretion eine Geisel?

"Ich bin froh, dass wir Ihnen Schutz vor dem Regen bieten konnten. Aber warum sitzen Sie in der Dunkelheit?" Normas Hand ging zu einem Lichtschalter an ihrer Wandseite und klickte ihn an. Grelle Beleuchtung durchflutete den Raum, aber diese zerstreute nicht die Furcht, die wie ein Leichentuch dort lag.

Ted kam an ihr vorbei. Seine Augen waren düster, sein Lächeln fühlbar gezwungen. "Sie waren auf dem Weg, jemanden im Dorf zu besuchen, Mr. Smith", fragte er höflich.

Juan blickte finster drein, aber Smiths Antlitz war eine fade, ausdruckslose Maske. "Nein", keuchte er. "Nein. Wir sind nur auf der Durchreise."

Auch das konnte nicht wahr sein. Es gab keinen Highway durch das zwanzig Meilen lange Hidden Valley. Es gab nur den einen Eingang, durch die Mulde zwischen Oak Mountain und North Hill. Das "Dorf" bestand aus einem Gemischtwarenladen und einem Postamt, einem Futtermittelgeschäft und einer Schmiede. Wenn sie sich nicht geirrt hatten, war die Antwort des Mannes eine Lüge. Und "John Smith" sah nicht wie jemand aus, der sich verlaufen würde.

Ted erreichte das Feuer, drehte der Hitze den Rücken zu. "Ich verstehe", sagte er langsam. "Ich verstehe." Sein Blick war fest auf Smiths Gesicht gerichtet. "Mit anderen Worten, es geht uns nichts an, was Sie hier tun." Sein Kiefer wurde fester und seine braunen Augen blickten herausfordernd. Juan grunzte. Norma sah, wie seine Hand an seinen Gürtel griff, erhaschte den metallischen Blitz, ein Messer, und ihre Kehle schnürte sich zu. Aber Smith warf dem Mann einen warnenden Blick zu, und seine Hand senkte sich. Dann blickte der fettleibige Fremde Stone an. "Genau", bestätigte er fadenscheinig. "Genau", wiederholte er freundlich. Er schien kalt amüsiert.

Stille, Anspannung und Atemlosigkeit folgten seinen Worten. Ted bewegte sich nicht von der Stelle vor dem Feuer. Er schien zu warten ...

"Norma! Geh nach oben und zieh dich um." Teds Augen blickten fordernd. "Du holst dir noch den Tod durch Erkältung."

Sie wollte nicht gehen. Es würde etwas passieren, und sie wollte dabei sein, um zu helfen. Aber ihr fiel keine vernünftige Entschuldigung ein. "Bitte geh, Norma", drängte Ted entschieden. Sie drehte sich um und ging mit geballten kleinen Fäusten in den Flur hinaus.

II. - Der wandelnde Tod

Das Treppenhaus von der Eingangshalle ausgehend war dunkel. Aber unten gab es einen Schalter, der ein Licht im oberen Stockwerk einschaltete. Norma klickte darauf und stieg nach oben. Das Haus, so solide gebaut, wie es war, zitterte ein wenig unter den wiederholten Sturmböen, und sie konnte das lange, unheimliche Rauschen des Windes hören. Der Bach muss über seine Ufer getreten sein, dachte sie, und zitterte, als sie sich an das Skelett erinnerte, das dort unten auf der Wiese lag ...

Auf halber Höhe der Treppe blieb sie stehen und biss sich auf die Lippe. War das ein verstohlener Schritt, den sie oben gehört hatte? Sie horchte. Aber das Geräusch kam nicht wieder. Sie muss es sich eingebildet haben. Da oben war nichts. Niemand. Sie war kalt und nervös. Eine Abtrocknung, frische Kleidung,

würde sie beruhigen. Sie ging weiter hoch, erreichte den Treppenabsatz.

Und dann, ohne ein Geräusch zu machen, ging das Licht aus! Sie stand in der Dunkelheit, umschlossen, unheilschwanger. Sie drehte sich um. Durch die Vorhänge, die sie offen gelassen hatte, leuchtete unten nur noch Feuerschein. Der Sturm ...

Ein Geräusch ließ sie herumwirbeln. Etwas sprang aus der Dunkelheit auf sie zu, etwas, das sie flüchtig erblickte, gerade als eine Hand über ihren Mund glitt und ein Arm um ihre Taille gepresst wurde! Heißer Atem strömte in ihr Gesicht, ein leises Knurren in ihren Ohren. Ihre festen kleinen Hände schnappten nach den rauen Fingern auf ihren Lippen, rissen diese weg. Sie schrie: "Ted!"

Dann drückten die Finger wieder fest aufeinander. Jetzt drückten sie ihren Kopf zurück, beugten ihren ganzen Körper über den Greifarm nach hinten. Der Schweißgeruch in ihren Nasenlöchern war beißend, ihre Wirbelsäule knackte.

Schritte dröhnten die Treppe hinauf, Ted brüllte: "Norma! Norma! Was ...?" Norma fühlte sich kopfüber von ihrem knurrenden Angreifer weggeschleudert. Sie prallte gegen eine Wand, stürzte zu Boden, war halb betäubt und durch den Aufprall kurzzeitig gelähmt. Aber gegen den schwachen Schimmer sah sie Ted die Treppe hinaufrasen, sah die Silhouette eines Arms, der etwas in der Hand hielt, aufsteigen und fallen; hörte das widerliche Knirschen einer Waffe gegen Teds Kopf. Er brach zusammen, lautlos. Eine gewaltige Gestalt beugte sich über ihn. Der Arm erhob sich wieder zu einem letzten Schlag.

Und von irgendwo her gewann Norma dann die Kraft, sich vom Boden zu katapultieren und sich auf diese dunkle Form zu stürzen. Der Mann taumelte unter dem unerwarteten

Angriff, drehte sich und knurrte. Aber das Mädchen war über ihn hergefallen, wie ein wütender Wirbelwind und biss, kratzte und trat ihn. Sie war wie eine primitive Frau, die um ihren Partner kämpfte; sie war eine Tigerin, die ihre Jungen beschützte. Eine harte Faust traf sie irgendwo, aber sie fühlte keinen Schmerz. Ihre Nägel pflügten sich durch weiches Fleisch; auf ihrer Zunge lag der warme, salzige Geschmack von Blut.

Irgendwie wurde ihr klar, dass sie ihm den Knüppel aus der Hand gerissen hatte. Nun hob sie diesen halbhoch, um zuzuschlagen. Der Mann wich aus, nahm sich zusammen, warf sie ab, riss sie weg und verschwand. Norma hörte seine Schritte die dunkle Halle hinunter dröhnen. Vielleicht hatte ihn gerade die Heftigkeit und Unerwartetheit ihres Angriffs zurückgeschlagen - und doch schien es eher so, dass er aus eigenem Willen beschlossen hatte, die Sache zu verschieben -, dass er vielleicht noch eine andere Aufgabe zu erfüllen hatte, von der er später wieder hierher zurückkehren würde. Diese Überlegungen hatte Norma nicht im Kopf, und doch wurden diese Gedanken schemenhaft in ihrem Gehirn registriert, als sie zu dem dunklen, unbeweglichen Hügel kroch, der Ted war. Ihre Hand fand seinen Kopf, fühlte klebrige, zähflüssige Flüssigkeit dick an seiner Schläfe. Licht! Wenn sie nur Licht hätte. Sie wimmerte in ihrer zugeschnürten Kehle. War er ...?

Von unten vibrierten erschreckende Töne zum Mädchen hinauf, ein plätscherndes, schreckliches Geräusch. Es war ein Schrei, ein klagender, gequälter Schrei. Es brach ab, und es herrschte eine schreckliche Stille. Dann stöhnte jemand da unten.

Es gab eine leichte Bewegung in dem schlaffen Körper unter ihren Händen. Ted stöhnte. Dann war er wieder ruhig, und das einzige Geräusch, das von ihm ausging, war das leise Säuseln des flachen Atmens. Er war am Leben, lebendig, aber schwer verletzt. Sein Oberkörper lag auf dem Treppenabsatz, aber seine Beine hingen die Stufen hinunter. Er war schrecklich verwundet und brauchte Hilfe. Wenn sie ihn so liegen ließe und er zu sich käme, sich bewegte, würde er die steilen Treppen hinunterstürzen. Das könnte ihn umbringen. Norma zerrte an ihm und versuchte, ihn auf den Boden der Halle zu ziehen. Aber er war zu schwer; sie konnte ihn nicht bewegen.

Normas Gedanken schwankten zwischen Licht und Dunkelheit. Furcht und Schrecken rissen an ihr. Hier oben, irgendwo in der Dunkelheit, war der Mann, der dies getan hatte. Unten waren die anderen Männer, und etwas Schreckliches war dort geschehen. Sie wagte es nicht, Ted zu verlassen. Sie musste Hilfe holen, um ihn zu bewegen, heißes Wasser, um seine Wunde zu reinigen. Er würde sterben, wenn sie nichts tun würde. Wenn es nur jemanden gäbe, der ihr helfen könnte.

"Silas", rief sie und fand endlich ihre Stimme wieder. "Silas!"

Silas antwortete nicht. Niemand antwortete. Draußen heulte der Wind, und ein dumpfer Donner grollte, aber im Haus gab es nur das schrecklich schwache Geräusch von Teds Atem und ein leises Stöhnen aus dem Wohnzimmer. "Silas!"

Ja! Da war noch ein anderes Geräusch. Hier oben, irgendwo hinten im Schatten, gab es einen verstohlenen, zischenden Kratzer ... Eine Ratte? Alte Bretter, die sich verzogen? Oder schlich sich der mysteriöse Angreifer zurück, um seine Tötung zu beenden? Norma hockte sich hin und versuchte, die Dunkelheit mit ihren Augen zu durchdringen. Sie konnte nichts sehen. Das Geräusch kam nicht wieder.

Ihre Finger tasteten nach Teds Wunde und fanden sie. Es war eine Wunde, eine schrecklich tiefe Wunde über seiner linken Schläfe, wo sein Haar begann. Das Blut quoll schnell heraus. Sie konnte seinen Puls fühlen, und er war schwach, furchtbar schwach. Unten, in der Küche, gab es Erste-Hilfe-Material. Sie musste es holen. Sie musste es besorgen, sonst würde Ted sterben. Wenn sie rannte, wenn sie schnell machte, konnte sie zurückkehren, bevor ihm noch mehr passierte.

Norma kam wieder auf die Beine. Das Stöhnen hatte aufgehört. Sie warf noch einen weiteren verängstigten Blick in die Finsternis des oberen Flurs, und dann rannte sie die Treppe hinunter ...

Sie erreichte das Eingangsfoyer, ging durch den Türbogen. Die Männer waren weg! Nein! Einer lag auf dem Boden gleich hinter dem Kamin, der Kleine mit den Ohrringen. Er lag mit dem Gesicht nach unten in einer dunklen Ecke, das rubinrotes Licht reflektierte, und sein Hinterkopf war eingeschlagen. Norma fragte sich, warum er nicht ein Gerippe wie Jeefers war, dessen Schädel ebenfalls zertrümmert worden war. Sie eilte an ihm vorbei. Sie musste zurück zu Ted. Sie konnte nicht innehalten.

Prudence saß noch auf demselben Stuhl, aber sie war jetzt daran gefesselt, und es war ein Knebel in ihrem Mund. Ihre verängstigten Augen flehten Norma an, sie freizulassen. Aber Norma eilte weiter zur Tür in der Seitenwand, die zum Esszimmer führte. Dahinter befanden sich die Küche und die Dinge, die sie für Ted holen musste. Prudence war gefesselt, aber sie war nicht verletzt. Zeit genug, um sich später um sie zu kümmern, wenn Ted in Sicherheit war. Ted, der liebe Ted, der dort oben am Ende der Treppe lag, war so schrecklich verletzt. Sie musste zu ihm zurückkehren, sie konnte um nichts in der Welt anhalten.

Sie sah weder das Esszimmer noch den kurzen, engen Gang in die Küche, als sie hindurchlief. Sie sah nur den kleinen Schrank über der Küchenspüle, in dem sich Verbände, Jod und Baumwolle befanden. Sie schnappte diese heraus, wirbelte herum und lief zurück. Der Gang, das Esszimmer, der Salon mit seiner Leiche und der gefesselten Frau verschwammen. Sie rannte die Treppe hinauf. "Ted", wimmerte sie. "Ich komme ja schon."

"Ted!" Norma wand sich im Treppenhaus gegen die Wand. Er war nicht da! Sie sank auf die Knie und tastete den Boden entlang. Hier! Er war genau hier gewesen. Aber er war nicht mehr da. "Ted", stöhnte sie und starrte mit ängstlichen Augen in die Schwärze des oberen Korridors. Der Halunke war zurückgekommen und hatte ihn weggetragen. Er war irgendwo da hinten, irgendwo in der Dunkelheit.

In der Finsternis! Sie musste ihn finden; sie brauchte Licht, um ihn zu finden. Und es gab kein Licht. Aber es gab Kerzen in einer Truhe oben auf dem Dachboden. Sie hatte sie selbst dorthin gestellt, und Streichhölzer, das letzte Mal, als das kleine Kraftwerk im Dorf ausgefallen war und die Lichter ausgegangen waren.

Es war nicht der Mut, der Norma Lloyd auf die Beine brachte, der sie durch die Schwärze der Halle führte, in der der Halunke lauerte, der sie die Leiter zum Dachboden hinaufsteigen ließ. Sie war wie ein Automat, eine Maschine, die sich ohne bewussten Willen bewegte, ein Roboter, der von einer Kraft außerhalb seiner selbst angetrieben wurde. Ihre friedliche Welt war plötzlich verrückt; dieses stille Haus, in dem sie geboren worden war, war plötzlich ein Ort des Terrors, plötzlicher unerklärlicher Angriffe, grauenhafter Morde. Und der Terror hatte die Gedanken von ihr verdrängt, hatte die Angst aus ihr vertrieben. Sie war über all das hinaus. Sie war jenseits von allem, außer der Angst, der herzzerreißenden Sorge um das

Schicksal ihres verwundeten, verschwundenen Liebhabers.

Der muffige, staubige Geruch des Dachbodens drang in ihre Nasenlöcher. Regen trommelte auf das schräge Dach über ihr, Donner schallte, entsetzlich laut in diesem engen Raum. Es war stockfinster, aber sie brauchte kein Licht, um die Truhe zu finden, die sie suchte. Raues Holz rieb an ihrer Hand. Der Deckel öffnete sich und kreischte Protest. Der Schrei der verrosteten Scharniere verbarg ein anderes Geräusch, einen verstohlenen Fußtritt, den Norma nicht hörte ... Sie fühlte nach den Kerzen, und ihre kühle Rundung begrüßte ihre Finger in einem Haufen aus weichem Tuch. Es gab hier auch Streichhölzer.

Norma zündete ein Streichholz an. Ein winziges Flammendreieck flackerte auf. Ein Kerzendocht geriet ins Feuer und die Dunkelheit zog sich zurück. Aber nur ein wenig. Sie lauerte immer noch dort, wo aufgetürmte Kisten und Truhen Zuflucht boten. Sie blies das Streichholz aus.

Und plötzlich erstarrte sie. Denn jemand war hier auf dem Dachboden! Sie fühlte die Augen auf sich gerichtet, hörte das Zischen des angespannten Atmens. Ihre Kopfhaut verkrampfte sich und sie starrte in die Kerzenflamme.

Sie fühlte das listige Kratzen eines verstohlenen Schrittes im Nacken. Sie zwang ihren Blick von dem schwankenden Feuer empor. Eine kaum wahrnehmbare violette Flamme tanzte gegen einen formlosen Haufen Müll in einer entfernten Ecke, wo die Dachschräge mit dem Boden verbunden war. Ihr Licht erreichte kaum den schwarzen Haufen, aber er veränderte seine Form. Etwas kam hinter dem Haufen hervor, eine unbeholfene Form. Es war jetzt klar, es bewegte sich langsam vorwärts. Es war ein Mann ...

Er kauerte, während er sich bewegte, und sein Kopf wurde von den kräftigen, gorillaähnlichen Schultern nach vorne gedrückt. Er näherte sich unerbittlich dem Mädchen, das von einer albtraumhaften Lähmung festgehalten wurde und sich nicht bewegen und nicht schreien konnte. Sein Gesicht kam in den Kerzenschein.

Es war kreideweiß, dieses Gesicht, außer dort, wo dunkle Löcher die Augenhöhlen markierten. Schwarzer Schleim tropfte aus seinem verfilzten Haar, lief im Zickzack über eine gebleichte, hohle Wange, glitt an einem Winkel seines dicklippigen Mundes vorbei, der sich im Todeskampf verzog. Norma starrte das Gesicht an, und Entsetzen erfasste sie. Ein lautloser Schrei zerriss ihre Kehle.

Das Gesicht, das langsam und unerbittlich auf sie zukam, war das Gesicht von Jeefers! Aber Jeefers' zerfetzte Knochen lagen da draußen, wo der Sturm heulte, in braun-schwarzen Schlamm gedrückt.

Er näherte sich, der Mann, der tot war, der Mann, der tot sein sollte, es aber nicht war. Er ging unaufhaltsam auf sie zu. Näher, näher, in einem unendlich langsamen, unendlich bedrohlichen Fortschreiten, das sie in den Bann zog. Heißes Wachs tropfte auf ihre Finger, die die Kerze hielten, und doch verharrte sie in Starre. Nur die Iris ihrer Augen bewegten und weiteten sich. Jetzt konnte sie seine Augen sehen, unergründliche, dunkle Tümpel der Böswilligkeit.

Plötzlich, unvermittelt, schienen diese Augen in Flammen aufzugehen. Die Kraft der Bewegung kehrte zurück, Normas Hand zuckte, um die Kerze in sie hinein zu stoßen.

Es gab einen dumpfen Aufprall hinter ihr, Finger umklammerten ihr Handgelenk - von hinten! Jeefers hüpfte direkt auf sie zu. Sie wich aus, drehte sich zu der neuen Bedrohung hin und wehrte sich ausladend. Die Kerze fiel, die Dunkelheit kam zum Vorschein, und ein schummriges Spiegelbild sagte ihr, dass Jeefers und die andere Person zusammengekommen waren.

Norma lag im Dunkeln auf den Knien, und über ihr kämpften die beiden unbeobachtet. Sie hörte die Auswirkungen von Schlägen; sie hörte das Knurren von Tieren, ein tiefes Knurren. Sie hörte das Reißen eines zerfetzten Tuches, das verwirrende Klopfen von sich schnell bewegenden, sich verschiebenden Füßen. Aus einer eingeschnürten, gefolterten Kehle kam ein ersticktes Quietschen. Zitternd kroch sie weg, kroch auf die Falltür zu, wo die Treppe begann, die nach unten führte, weg von diesem Grauen. Hinter ihr schlug eine Faust gegen Fleisch. Sie erreichte den Ausgang.

Dann floh sie; die Leiter hinunter, durch eine lange dunkle Halle, die endlose Stufen abwärts führte. Wind und Regen schlugen gegen die Außentür, aber sie stürzte dort hin, riss sie auf. Der Sturm brüllte herein, riss an ihr. Sie stürzte sich hinaus, aus dem Haus des Schreckens, weg von seiner Bedrohung. Ihre Füße plätscherten knöcheltief im Wasser, wo ein Rasen sein sollte, zehntausend Teufel des Sturms heulten um sie herum, schlugen auf sie ein. Aber sie stand im Freien. Sie war aus dem Haus. Hier konnte man sie nicht finden.

Der aufgewühlte Schlamm saugte an ihren strauchelnden Füßen. Sie kämpfte gegen den Sturm, rücksichtslos, gefühllos. Wo wollte sie hin? Wohin sollte sie gehen? Überall hin, nur nicht zurück. Blitze rissen das schwarze Himmelsgewölbe auf, füllten die Talsohle mit blauen Blitzen. Kurz davor breitete sich etwas im Wasser aus, der bewegungslose Körper eines Mannes.

Das Blitzlichtgewitter war schnell verschwunden, aber Norma kniete jetzt; sie hob einen schlaffen Kopf aus der Flut. Die Blitzbeleuchtung hatte in diesem Augenblick das graue Gesicht ihres Teds gezeigt, der blind aus dem Morast aufblickte, den der Sturm verursachte. Sie kauerte sich in den Morast, zog Teds Kopf auf ihren nassen Schoß und vergaß, dass der Sturm sie mit seinem Wolkenbruch überflutete.

Die Finger des Mädchens flatterten über die klamme, kalte Haut. Sie stöhnte. Sie schwankte vorwärts, und ihre Lippen fanden seine eisigen. Der Atem streichelte ihren Mund. Nicht ihren. Seiner! Schwach, fast unmerklich atmete er!

Mit dieser Erkenntnis strömte die Wärme zurück in Normas kalte Adern. Sie zerrte an Teds schwerer Gestalt, kämpfte darum, sie zu heben, sie zurück in das Haus zu schleifen, aus dem sie gerade voller Angst geflohen war! Für Ted würde sie zurückgehen - denn dort gab es Wärme, ein Feuer. Heilmittel waren dort. Was sonst noch da war, spielte jetzt keine Rolle mehr. Ted Stone brauchte Wärme, Aufputschmittel, sonst würde der schwache Funke seines Lebens verlöschen. Nirgendwo sonst gab es Hilfe für ihn.

Aber sie konnte ihn nicht bewegen. Sie war zu schwach. Verzweiflung überkam sie. Sollte Ted sterben, weil sie eine Frau war, weil sie keine Kraft hatte? Sollte er hier im Sturm sterben, wo er Schutz und Wärme finden konnte, nur fünfzig Meter entfernt? Sie grub ihre Fersen tief in den Schlamm, zerrte mächtig daran. Aber der Schlamm hielt sie fest. Sie schluchzte.

Ein Lichtstrahl umgab sie. Eine große schwarze Gestalt stand an ihrer Seite. "Was ist los, Norma? Was tust du, Norma?" Silas Sabin sprach leise. Seine Laterne bewegte sich und ihre Leuchtkraft enthüllte Teds durchnässte

Gestalt. "Oh, ich verstehe. Ist er schwer verletzt?"

"Hilf mir, Silas", schluchzte Norma. "Hilf mir, ihn reinzubringen." Irgendwie war es natürlich, dass der alte Mann ihr zur Seite stand, wenn sie ihn brauchte. Sie stellte nicht infrage, wo er bis jetzt gewesen war.

"Sicher. Sicher doch." Silas mochte Ted nicht, aber er wollte ihm jetzt helfen. Aber natürlich. Silas war immer freundlich gewesen, gut. Er hatte ihre Puppen immer repariert, wenn sie kaputt waren. "Hier, halte die Laterne und ich trage ihn rein."

Er drückte ihr die Laterne in die Hand. Etwas anderes schimmerte in seiner anderen Hand, etwas Kaltes, Metallisches. Norma blickte darauf hinunter und sah, dass es ein Revolver war. Die Erkenntnis, dass Silas bewaffnet war, spendete ihr Trost, schien für einen Augenblick ihr fieberndes Gehirn zu kühlen, durch das wilde Gedanken im raschen Spiel der Blitze rannten. Trotzdem - würde es etwas nützen, ein Gespenst zu erschießen?

Zusammen bekamen sie Ted auf Silas' Schulter. Für zwei Personen war es leichter. Während der alte Mann mit seiner Last voranging, machten sie sich auf den Weg zurück zu dem Haus, in dem der Terror lauerte.

III. - Zwei, dem Untergang geweihte

Das einzige noch vorhandene Licht im Inneren war vom Feuer. Es tanzte rot um Juans Leiche auf dem Boden, tanzte davon, als hätte es Angst vor seiner steifen Gestalt. Aber Norma hatte keine Angst, sagte sie sich selbst. Dafür war keine Zeit. Sie musste Silas helfen, sich um Ted zu kümmern. Prudence war erschrocken, als sie an einen Stuhl gefesselt wurde.

Ihre Augen zeigten das. Komisch, dass Silas sie nicht losgebunden hatte. Sie musste es selbst tun - sobald Ted wieder in Ordnung war.

Sabin legte jetzt seine Last ab. Teds rechter Arm hing schlaff herunter, und Wasser tropfte seine Finger herunter und bildete eine Lache auf dem Boden. "Ich ziehe ihm die Kleider aus", grunzte der alte Mann. "Du besorgst heißes Wasser und ein sauberes Handtuch. In der Küche ist auch etwas Whisky, in der Hausapotheke."

Norma zögerte. "Da draußen ist niemand", rief Silas beruhigend, "und du kannst die Türen offen lassen. Ich kann dich die ganze Zeit sehen." Sie sah, dass er getrocknetes Blut im Gesicht hatte und einen blauen Bluterguss.

Norma behielt die Laterne. Sie schimmerte hellgelb aus dem Porzellanschrank im Esszimmer. Sie drückte eine Schulter gegen die Schwingtür zum Küchendurchgang und suchte nach der Fußraste, die sie offen halten würde. Zuerst konnte sie diese nicht finden, sie drehte sich halb um, wobei sie ihren Fuß herumdrehte. Und dann sah sie, dass die Wohnzimmertür bereits geschlossen war!

Silas hatte gesagt, dass sie die Tür nicht schließen sollte; sie hatte es wohl aus Gewohnheit getan. Sie rannte zurück und öffnete sie. Silas beugte sich über Ted. Sein Arm war erhoben; die Waffe darin wurde am Lauf gehalten, und der schwere Kolben fegte auf Teds Kopf herunter. Der alte Mann schlug mit seiner Waffe auf Ted ein!

Norma schrie. Ihr Arm zuckte, die Laterne fuhr in einem Bogen durch die Luft. Ihr schwerer Sockel traf Sabin an der Schulter, und er taumelte. Das Mädchen flog fast durch den Raum. Silas stürzte sich auf sie, und seine Knüppelwaffe erhob sich, um sie zu treffen. Sie krallte sich an seinem Gesicht fest, aber er wich aus. Er schlug nach ihr und verfehlte sie. Norma sprang zurück.

Silas schlug gerade heraus und der Revolverkolben erwischte sie an der Brust. Sie rollte rückwärts und versuchte, nicht zu fallen. Der Revolver lag nun umgekehrt in Sabins Hand, die Mündung der Waffe streckte sich ihr entgegen. Sie schlug gegen die Wand und sah, wie der Tod sie aus den Augen des alten Mannes grimmig anstarrte.

"Das würde ich nicht tun, Sabin, wenn ich du wäre." Die dünne Stimme war wie eine Messerschneide. Silas drehte sich zum Torbogen; Norma, die sich an die Wand klammerte, sah ebenfalls hin. John Smith wölbte sich in den Vorhängen. Die Mündung einer Automatik verschwand fast in seiner riesigen Hand, aber sie hatte eine felsenfeste Ausrichtung, sie zielte genau auf Silas' Kopf. Der kleine Mund des Mannes war geschürzt, wie wenn man ein ungehorsames Kind zurechtweist. Seine winzigen Augen glichen glitzernde Perlen. "Ich glaube, es wäre ziemlich unklug."

Norma rutschte auf den Boden, halb ohnmächtig, und schaute auf die Laterne, die auf der Seite lag. Die Flamme erlosch, als sie diese warf, und der Kamin war dunkel. Die immer noch heiße Lampe versengte den Teppich. Eine umsichtige Frau würde sie dafür schelten ...

Silas starrte den dicken Mann an. Er zitterte vor Wut und schrie heiser: "Richte die Waffe von mir weg. Lass mich den Job zu Ende bringen."

Smiths gigantischer, obszöner Kopf bewegte sich langsam von einer Seite zur anderen. "Das ist nicht die richtige Art, das zu tun."

"Aber was kann ich dagegen tun? Jetzt weiß sie es. Sie wird nicht schweigen."

Ja, Norma wusste es. Sie wusste, dass der nette alte Mann, dem sie vertraut hatte, ein Mörder war. Sie wusste, dass er Ted töten wollte, dass er sie erschießen wollte. Aber warum? Warum?

"Wenn du kein alter Narr wärst, hätte sie es nie erfahren. Niemand hätte es je erfahren. Wir hätten auf unbegrenzte Zeit weitermachen können. Aber du musstest das Spiel in die Hand nehmen. Du wolltest es ganz für dich haben. Jetzt hast du etwas angefangen und weißt nicht, wie du es beenden sollst. Wenn du so weitermachst, zerschlägst du alles."

Sabins Pistolenhand fiel zur Seite. Die Wut verblasste in seinem ledernen Gesicht, Verzweiflung ersetzte sie. "Jetzt ist es kaputt."

"Nein. Wenn du bereit bist, aufzugeben und zu tun, was ich sage, kann ich es wieder geradebiegen. Du kannst weitermachen, und wir machen gleich weiter. Was sagst du dazu?"

Norma hörte zu, konnte aber nichts aus dieser seltsamen Unterhaltung verstehen. Sie wusste schwach, dass es sie betraf. Aber ihre Welt um sie herum war zusammengebrochen, körperlich und geistig war sie völlig erschöpft. Sie setzte sich auf den Boden, mit dem Rücken zur Wand, und starrte geradeaus. Rein zufällig schaute sie Ted an. Die klaffende Wunde an seiner Schläfe, roh und hässlich, hatte aufgehört zu bluten. Der Regen hatte sie sauber gewaschen. Etwas Farbe kam zurück auf seinen Wangen.

Sabin sprach, langsam, nachdenklich. "Vielleicht kannst du es geradebiegen. Wenn du es willst. Aber - Juan?"

Smith zuckte die Achseln. Es war, als hätte sich ein Berg erhoben. "Juan stört mich nicht. Er wurde lästig und ich bin froh, ihn los zu sein. Warum, glaubst du, bin ich angeblich in den Waschraum gegangen und habe ihn allein gelassen? Glaubst du, ich hätte nicht geahnt, dass du etwas planst? Ich gab dir deine Chance, und du hast sie ergriffen. Du hast meinen

Verdacht bestätigt und dich in meine Gewalt gebracht. Wie würde es dir gefallen, auf dem Stuhl zu schmoren?"

Silas leckte seine weißen, trockenen Lippen. Der Revolver pochte in seinen nervenlosen Fingern. "Du - du hast das getan! Du hast mich deinen Partner töten lassen."

"Ich hoffe, du glaubst mir. Es ist wichtig für dich. Denn dein einziger Ausweg aus dem Schlamassel, in dem du steckst, ist zu tun, was ich dir sage. Ich komme auch ohne dich aus, aber mir gefällt der Aufbau hier. Ich bin bereit, mir etwas Mühe zu geben, damit es so bleibt, wie es ist. Das ist deine Chance. Aber ich werde es nur tun, wenn ich dir vertrauen kann. Und ich vertraue einem Mann nur, wenn er Angst vor mir hat und weiß, dass ich klüger bin als er."

"Ich glaube dir. Gott weiß, dass ich mich vor dir fürchte." Es bedurfte nicht der Aussage des alten Mannes, um das deutlich zu machen ... Seine Augen, seine ganze kriecherische Haltung, zeigten es. "Ich werde alles tun, was du sagst."

Zum ersten Mal zeigte die weite rosa Fläche des Gesichts des dicken Mannes einen gewissen Ausdruck. Es war das kleinste Kräuseln von fettgewordenen Muskeln, aber Norma wusste, dass es ein schadenfroher Triumph war. "In Ordnung", quiekte er. "Als Erstes müssen wir das Mädchen fesseln. Das hast du bei deiner Frau gut gemacht; mach es bei ihr genauso gut."

Es war also Silas, der Prudence gefesselt hatte! Norma wunderte sich dumpf.

Seine Hände waren fast zärtlich, als er das Mädchen hochhob, auf einen Stuhl setzte und sie mit Bindegarn fesselte, das er aus seiner Tasche grub. Zu betäubt vor Angst und Entsetzen, um zu widerstehen, ließ sie ihn ihre Knöchel an den Stuhlbeinen und ihre Handgelenke

an den Armen festbinden. Er war fast sanft, aber das Feuer spiegelte sich in seinen blutunterlaufenen alten Augen, und was Norma in ihnen sah, ließ sie schaudern. Sie erinnerte sich daran, wie er vor langer Zeit einmal ein Kalb geschlachtet hatte, und derselbe Blick war auch in seinen Augen gewesen. Sie war in ihr Zimmer gelaufen und hatte sich unter dem Bett versteckt. Seine Freundlichkeit in den langen Jahren hatte sie das vergessen lassen, aber sie erinnerte sich jetzt daran.

Oh Gott! Es war der alte Silas, der sie mit diesem Blick in seinen Augen gefesselt hatte! Der alte Silas, der seit dem Tod ihres eigenen Vaters ein Vater für sie war!

Sie konnte Ted immer noch sehen. Das Feuer warf Schatten auf ihn, und die Art und Weise, wie diese tanzten, ließ den Eindruck entstehen, dass er sich bewegte. Oder hatte er sich wirklich bewegt, nur ein wenig? Sein Gesicht war nicht mehr blass, ganz sicher. Der Mann in der Tür sah das auch, der Berg von einem Mann, der dort mit dem Gewehr stand und immer noch auf ihn zielte. Er sprach dünn: "Kümmer dich lieber um den anderen, Sabin."

Silas ging zu Ted hinüber und griff in die Tasche, um mehr Schnur zu holen. Norma wurde lebendig. "Nicht", versuchte sie zu schreien. "Fass ihn nicht an!" Aber sie konnte unter dem Knebel, den Sabin ihr in den Mund geschoben hatte, nur unartikulierte Geräusche ausstoßen.

Ihre Augen kreischten stummen Protest, während der alte Mann grimmig über den verletzten, bewusstlosen Mann arbeitete. Er schubste ihn genüsslich herum und grinste dabei grausam. Norma warf sich nach vorne, aber der schwere Stuhl hielt sie fest. Sie sackte zusammen und starrte den hageren alten Mann an, und den massigen, fetten Machiavelli, der schwer und ausdruckslos zuschaute.

Das war das Schlimmste. Gerade sein Mangel an Emotionen machte ihn unmenschlich, erschreckend. Eine fast greifbare Aura des Bösen schien ihn zu umströmen, dunkel und abscheulich. Die Aura erreichte Norma und strömte über sie, klammheimlich kalt trotz der Wärme des Feuers. Es war wie die Emanation aus einem geöffneten Grab.

"Sehr gut, mein lieber Sabin. Ich glaube, keiner von beiden wird dir nochmal Probleme bereiten."

"Ärger! Was hat das alles für einen Sinn? Sie einzuschnüren hilft auch nicht weiter. Der Kerl soll morgen früh im Gericht sein, und er wird nicht da sein. Gegen Mittag wird jemand kommen und nach ihm suchen."

"Sie werden ihn finden. Ich war schon draußen. Der Bach hat die Brücke von der Straße weggespült. Sein Auto steht genau dort. Morgen früh wird es im Bach liegen, und er wird drinnen sein. Als er gestern Abend von hier wegfuhr, war es dunkel, und seine Scheinwerfer konnten den Regen nicht durchdringen. Er kannte die Straße und fuhr trotzdem schnell. Er sah nicht, dass die Brücke nicht mehr da war, bevor es zu spät war."

Unheilige Freude erhellte Sabins Gesicht. "Das ist der richtige Weg", kicherte er. "Und Norma begleitet ihn. Damit sind die beiden erledigt. Du bist schlau."

Entsetzen erschütterte das Mädchen, als sie im Stuhl zusammenschrumpfte. Sie wollen Ted umbringen! Sie wollen Ted kalt und leidenschaftslos töten und seinen schönen jungen Körper im brodelnden, schlammigen Wasser liegen lassen. Smiths Stimme klang spöttisch. "Ich bin klug und du überlässt mir besser das Denken. Was nützt es dir, wenn das Mädchen tot ist?" Silas' Gesichtsausdruck änderte sich, sein Kiefer fiel herunter. "Wenn bekannt ist, dass sie tot ist?"

"Aber ... Was dann ...? Sie ..."

"Wir werden uns um sie kümmern. Aber nicht ..."

Die winzigen, glitzernden Augen des dicken Mannes blitzten plötzlich vor Besonnenheit auf. Sie beugte sich so weit vor, wie es ihre Schnüre erlaubten, und lauschte gespannt. In ihrem Gesicht zeigten sich Wut und Entschlossenheit. Smith sah Sabin nachdenklich an. Dann schien er zu einer Entscheidung zu kommen. "Komm her", sagte er. "Ich erzähle dir draußen davon."

Der Vorhang fiel hinter ihnen. Das Feuer warf grelles Licht und schwarze, flimmernde Schatten über die Leiche auf den Boden. Teds Augenlider öffneten sich. Er stöhnte und versuchte, sich zu bewegen. Seine erschrockenen Augen fanden sie, und die Erkenntnis flackerte in ihnen auf, hilfloses Entsetzen.

Vom Eingang her kam ein heiseres Zischen, ein schreckliches Kichern.

In der Wand längs der Verkleidung befand sich eine lange vertikale Linie, die vorher nicht da gewesen war. Sie weitete sich langsam aus. Norma hörte das Gitter einer Schiebewand. Sie sah eine Hand an der Kante der beweglichen Platte, eine blutverschmierte Hand. Die Öffnung wuchs. Ein harziger Knoten, der in einem lodernden Holzscheit steckte, schleuderte eine lange Flamme in den Raum. Eine geduckte dunkle Gestalt kam aus der Wand, ihr Gesicht kreideweiß, ein dünner Strom getrockneten Blutes, der vom verfilzten Haar herabströmte und eine Ecke der dicken Lippen berührte, die fest zusammengepresst und grimmig aussahen. Die andere Hand kam ins Blickfeld, und in ihr lag ein Messer, ein Messer, das im Feuerschein schimmerte.

Das Phantom glitt aus der Nische, wo es aufgetaucht war, eine Nische, von deren Existenz Norma nichts wusste, obwohl sie in diesem Haus geboren war. Sein Fortschreiten machte kein Geräusch auf dem weichen Teppichboden, aber ihre entsetzten Augen sahen, dass der linke Fuß nach außen gedreht war; unnatürlich, schrecklich. Sie zwang sich, auf seine Arme zu schauen. Ja, derjenige, in dem das Messer in der Hand lag, war kürzer als der andere. Ihre letzte Hoffnung, ihr letzter Halt an die Vernunft, starb in ihr. Die Gestalt hatte nicht zufällig Ähnlichkeit mit Jeefers' Gesicht. Es war Jeefers. Es war der tote Hausmeister, dessen Skelett am Ufer des Baches lag!

Er stand neben ihr. Die eingesunkenen Augen lebten in seltsamen, kriechenden Feuern. Das Messer erhob sich, schwebte über ihr. Sie schloss ihre eigenen Augen und wartete auf den Todesstoß. Vielleicht besser so, als das Schicksal, das die beiden anderen planten. Eine kleine Stimme in ihrem Gehirn sprach ein kindliches Gebet. "Vater unser, der du bist im Himmel ..."

Norma fühlte einen Zug an ihrem rechten Handgelenk, dann an ihrem linken. Sie zerrte an einer Hand, die locker und frei war. Ihre Augen blitzten auf. Jeefers kniete nieder, schlitzte die Schnur auf, die ihre Knöchel band - sein blutrünstiges Gesicht drehte sich zu ihr um, und ein schreckliches Grinsen schien darauf gemalt zu sein. Er erhob sich und zuckte mit dem Kopf in Richtung der Geheimtür. Norma starrte ihn mit großen Augen und verständnislos an. Wieder bewegte er sich befehlend zu der dunklen Öffnung.

Das Mädchen drehte sich auf dem Sofa zu ihrem Liebsten mit hagerem Gesicht. Sie zeigte auf ihn, und das Wesen, von dessen Realität sie noch immer nicht überzeugt war, nickte. In jenem schrecklich stillen Gleiten überquerte es den Boden und warf Ted über seine Schulter. Es deutete noch einmal auf das dunkle, rechteckige Loch in der Wand. Norma zwang ihre kribbelnden Beine sich zu bewegen, erreichte

ihn, ging nach innen. Sie warf einen Blick auf Steintreppen, die steil in der Dunkelheit abstiegen. Als sie nach unten ging, war hinter ihr ein knirschendes Geräusch zu hören, und es gab kein Licht mehr.

Ein feuchter, muffiger Geruch strömte in ihre Nasenlöcher, vermischt mit einem stechenden Geruch und einem schweren, ekelerregend süßen Aroma. Kein weiteres Geräusch war zu vernehmen. Es schien, als würde sie in ein Grab hinabsteigen, ein Grab, in dem ein toter Mensch den Anschein von Leben erweckte; ein lebender Toter, der sie zu irgendeinem schändlichen Zweck in sein Grab lockte. Panik überkam sie wie eine obszöne, riesige Fledermaus aus der Schwärze und ihre Glieder wurden kraftlos. Sie blieb stehen, tastete nach Halt an der rauen Steinwand des Ganges.

Von irgendwoher erhielt sie die Kraft, weiterzugehen. Die Treppe endete, machte Platz für einen ebenen Boden. Ihre Fersen klickten, als sie sich vorwärts bewegte, sie wusste nicht, was sie sonst tun sollte, und irgendwie sagte ihr das Geräusch, dass sie sich in einem engen Raum befand. Sie streifte gegen etwas Unnachgiebiges, fühlte danach, fand Metall unter ihren Händen, ein Zahnrad. Es war hier so dunkel wie im Inneren eines Teerfasses, still wie im Grab. Dann war da das Reiben von Tuch gegen Tuch und der weiche Aufschlag eines heruntergelassenen Körpers; der von Ted. Sie versuchte, etwas zu sagen, wurde an den Knebel in ihrem Mund erinnert. Sie hob die Hände, um ihn zu lockern.

Und in dem Augenblick fühlte sie, wie grobe Finger sie packten; sie zogen die Hände schnell und widerstandslos hinter ihren Rücken!

Sie kämpfte, doch noch, bevor ihr klar wurde, was geschah, wurde sie wieder gefesselt, Hand und Fuß, hochgehoben und auf den unnachgiebigen Zementboden gelegt. Unter ihren Kopf wurde ein raues Tuch geschoben, das ihr als Kissen dienen sollte. Dann verließen die unsichtbaren Hände sie.

Hier, mit den Ohren dicht am Boden, konnte sie das leise, zischende Geräusch der katzenartigen Schritte des Phantoms erkennen. Das Geräusch entfernte sich in eine Richtung, von der sie dachte, sie müsse in die Richtung der Treppe gehen. Dann verdeckte das Trampeln auf dem Holzboden darüber das Geräusch, Schritte, die teppichgedämpft und doch ganz deutlich zu hören waren. Sie konnte zwei Sätze ausmachen, einer viel schwerer als der andere. Das mussten Smith und Silas sein, die zurück in den Salon kamen. Die Geräusche hörten plötzlich auf, und sie stellte sich lebhaft die Bestürzung auf den Gesichtern der beiden Schurken vor, als sie ihre Opfer verschwunden vorfanden.

Was würde nun geschehen? Prudence Sabin war immer noch im Raum dort oben. Sie hatte gesehen, wohin sie verschwunden waren, würde sie es verraten? Anscheinend war sie nicht in die ruchlosen Taten ihres Mannes verwickelt, hatte sich dagegen gewehrt. Sonst wäre sie nicht gebunden gewesen. Würde sie das Geheimnis wahren?

Eine durchdringende Vibration beantwortete ihre Frage, ein Schrei, der so hoch war, dass er bis in die Enklave vordrang, in der Norma lag. Ein Schrei, und dann kam der brabbelnde, dünne Klang einer alten Frauenstimme; eine verängstigte alte Frauenstimme. Norma schauderte. Prudence hatte es nicht sagen wollen, aber sie hatten sie dazu gebracht.

Plötzlich hörte das Mädchen, wie sich das Paneelgitter öffnete. Direkt über ihr erschien ein schummriges Rechteck mit rötlichem Licht, die Reflektion des Feuerlichts an einer niedrigen Decke. Ein gebückter schwarzer

Schatten tauchte in diesem Rechteck auf; ein weiterer Schatten zu seiner Seite.

Dann erhob sich aus der wirren Masse ein schwarzer Arm, an dessen Ende der Schatten eines Messers zu sehen war. Norma sah das nur für einen Augenblick, als es in die Masse zurückstieß.

Eine Waffe knackte scharf. Schwärze glitt über die Zimmerdecke. Ein plätschernder, gequälter Schrei ertönte, und Norma hörte den schweren Aufschlag eines fallenden Körpers. Dann herrschte wieder Stille, eine schwere, bedrohliche Stille.

Was war wohl passiert, Messer oder Kugel, was hatte diesen Schrei hervorgerufen? Das Mädchen spitzte die Ohren und lauschte. Dann lächelte sie verbittert. Wer auch immer gewann, anscheinend würde es weder für sie noch für Ted einen Unterschied machen. Alle waren gegen sie, all die rücksichtslosen, grausamen Hände in diesem vom Sturm isolierten Haus des Schreckens.

IV. - Die Folterkammer

Schwere Schritte gingen langsam über die Decke. Zumindest Smith war noch am Leben. Aber er war auf dem Rückzug. Denn das Geräusch seiner Schritte verklang. Eine Tür knallte zu. Aus der Ferne hörte man das krächzende Surren eines Autoanlassers, eine Reihe von Knallgeräuschen, das Kreischen der Bremsen und das nachlassende Geräusch eines abfahrenden Motors.

Jemand atmete röchelnd am Treppenaufgang. Ein schlagendes Streichholz unterbrach die Stille und sein winziges Licht blendete sie fast. Eine Kerze übernahm die Flamme.

Jeefers schwankte, dort oben gegen raue Bretter, als er die Kerze hielt, und sein grässliches Gesicht war Furcht einflößender als zuvor wegen der schwarzen Wunde von einer Kugel, die über seine schmerzverzerrte Stirn hinweggeschossen war. Er ging vorsichtig Schritt für Schritt nach unten, und das Licht senkte sich mit ihm hinab, hinunter in einen kleinen, gemauerten Raum. Seine schwachen Strahlen beleuchteten eine seltsame Maschine mit Rädern und Zahnrädern, deren Art Norma nicht bestimmen konnte. An einer Wand hing ein Holzschrank, der mit einem riesigen Vorhängeschloss gesichert war. Schließlich erreichte das Licht den Boden und ließ Ted erscheinen, der immer noch gefesselt und geknebelt, schlaff und weiß auf grauem Stein lag.

Der Hausmeister machte sich mühsam auf den Weg zu Normas Seite. Er stand schwankend über ihr. Dann stellte er die Kerze langsam und tastend auf einer hervorstehenden Kante der Maschine ab. Er tastete in seiner zerrissenen Jacke herum, holte ein flaches Fläschchen hervor, legte es an seine Lippen und trank daraus. Seine hagere Gestalt schüttelte sich. Dann drehte er sich um und ging, sich etwas sicherer bewegend, hinter der Maschine herum und tauchte wieder auf, einen klapprigen, gebeizten Holzstuhl schleppend.

Er setzte diesen ab und hob Norma zu ihm hoch. Er tastete in einer Tasche und holte eine Rolle des gleichen Bindegarns heraus, das Sabin benutzt hatte. Er führte ein Stück davon um die Taille des Mädchens und befestigte es so, dass es an den Stuhl gebunden war. Dann griff er nach den Knoten um ihre Handgelenke und löste diese.

Norma wurde so platziert, dass die Maschine zu ihrer Linken stand. Fast auf Höhe ihrer Schultern befand sich eine Art flache Metallplatte. Darüber gab es eine weitere, etwa 15 Zoll breite Platte, die an einer langen Gewindestange hing, die durch eine schwere gusseiserne Halterung führte, und über der Halterung war ein horizontales Rad an der Oberseite des Schneckengewindes befestigt.

Grässliches Entsetzen erschütterte das Mädchen, als Jeefers' harte Finger sich um ihren linken Arm klammerten und ihn über die untere Platte zog. Er hielt den Arm dort fest und seine andere Hand manipulierte das Rad. Das drehte sich, und die obere Platte senkte sich langsam nach unten, bis Normas Arm zwischen den zwei Platten eingeklemmt war, so fest eingeklemmt, dass sie ihn nicht mehr herausziehen konnte. Aber das langsame Drehen des Rades stoppte hier, stoppte kurz vor der Quetschung.

Der Mann starrte sie an. Dann glitt er weg, irgendwo hinter ihr. Auch Ted war hinter ihr, und sie konnte nur mit großen Augen auf eine nackte Steinmauer starren und sah, wie Bilder des Grauens über sie hinwegkrochen. Jeefers kam zurück. In seiner Hand hielt er ein langes Laken mit Narrenkappe und einen Stift. Das Kerzenlicht fing einen Tintentropfen auf der Feder auf, und sie schimmerte grün. Jeefers legte den Stift in ihre rechte Hand; instinktiv schlossen sich ihre Finger darum. Er hielt das Papier, wo sie es greifen konnte. Dann sprach er zum ersten Mal.

"Unterschreib es", befahl er, und sein Tonfall war die heisere, rumpelnde Stimme eines Albtraums. "Unterschreib es, oder ich drehe das Rad."

Norma richtete ihre Augen auf das Dokument. Gekritzelte Schrift in frischer grüner Tinte tanzte über das weiße Papier. Aber sie konnte ein Datum ausmachen, drei Tage zuvor. Worte, unglaubliche Worte: "Um Jeefers zu unterrichten ... mein Haus und mein Land in Lloyd Corners in der Grafschaft ... begrenzt durch ... zu bekommen und zu behalten ..." Es war ein Vertrag. Eine Urkunde für das Haus und die Farm, die ihr Vater ihr hinterlassen hatte. Ihr Haus und ihre Farm!

35

Plötzlich war sie bei klarem Verstand. Die schreckliche Nacht fing an, Bedeutung zu erlangen. Da war etwas im Haus, das ihr unbekannt war, das wertvoll war. Sie hatten sich darum gestritten, Sabin und Jeefers und Smith. Sie hatten untereinander gekämpft, aber das Gift ihres Kampfes hatte sie mit hineingezogen.

Ihr Gehirn raste. Smith konnte das Haus nur durch Silas kontrollieren. Aber Silas' Herrschaft hier war fast zu Ende; in einem Monat würde sie mit Ted verheiratet sein, und es stand fest, dass Stones erste Handlung darin bestehen würde, den alten Mann loszuwerden. Von Anfang an hatten sie einander nicht gemocht. Deshalb hatte Sabin Ted töten wollen.

Aber Smiths Pläne waren hinterhältiger gewesen. Sollte Norma verschwinden, spurlos verschwinden, würde der Besitz dem Gericht übergeben werden. Jemand würde sich darum kümmern müssen, und wer wäre logischer als Sabin? Sieben Jahre lang, bis sie rechtlich für tot erklärt werden könnte, wäre seine Kontrolle unbestritten. Ihre Haut kribbelte, als ihr klar wurde, was es gewesen sein musste, dass der dicke Mann Sabin am Eingang zugeflüstert hatte.

Was war es, das diese Wölfe am liebsten in der Hand haben wollten? Es muss in diesem Raum sein, diesem versteckten Raum.

Jeefers, der allein arbeitete, hätte gewonnen. Würde gewinnen, wenn sie diese Urkunde unterschreiben würde. Aber sie könnte das Dokument umstoßen. Der Zwang hob jede Unterschrift auf. Ted hatte ihr dafür genug Recht gelehrt. Jeefers musste es auch wissen. Natürlich wusste er es - und wenn sie die Urkunde unterschreiben würde, würde er es nicht wagen, sie und Ted am Leben zu lassen!

All dies schoss ihr in einem Bruchteil der Zeit durch den Kopf. "Unterschreiben", befahl Jeefers erneut. "Unterschreib oder ich drehe."

Norma schüttelte den Kopf. Wenn sie unterschreiben würde, würde sie ihr Todesurteil unterschreiben, und das von Ted. Irgendwann wäre sie vielleicht gezwungen, es zu tun. Sie war eine Frau und konnte der Folter nicht widerstehen. Aber sie würde kämpfen. Vielleicht würde etwas passieren. Etwas muss geschehen. Gott würde Ted nicht sterben lassen. Und sie auch nicht. Sie würde so lange kämpfen, wie sie konnte, und für die Befreiung beten. Sie schüttelte unausgesprochen den Kopf.

Wut verzerrte Jeefers' gequältes Antlitz, und sein Mund verzog sich schrecklich. Er legte seine knorrigen Hände auf das Rad und drehte es langsam. Noch langsamer bewegte sich die obere Platte der Presse nach unten. Ihr Rand biss in Normas Haut, und in den Knochen ihres Unterarms entstand ein zermalmender Schmerz. Ihre Fingerspitzen, jenseits der Presse, waren durch aufgestautes Blut angeschwollen.

"Der Mann grunzte, und sein Gesicht verschwamm vor Normas brennenden Augen. Sie schüttelte den Kopf, und seine Hände suchten wieder das Rad.

Ein kehliger Schrei explodierte hinter ihr. Eine Gestalt, hager und schrecklich, sprang an ihr vorbei, und eine Faust prallte gegen Jeefers' dicklippigen Mund. Der Raum drehte sich schwindelerregend um Norma, Übelkeit würgte sie, und das Vergessen verschlang sie.

* * *

"Norma! Liebe Norma."

Ihr Arm tat weh. Er tat schrecklich weh. Und ihr Kopf. Aber warme Lippen wurden gegen ihre eigenen gepresst. Eine vertraute, liebe Stimme klang in ihrem Ohr: "Norma!" Sie antwortete auf den Kuss und ihre Augen öffneten sich. Teds Gesicht wackelte vor ihr. Aus der wieder aufgerissenen Wunde an seiner Schläfe tropfte Blut. Ein blauer Fleck auf seiner Wange wurde dunkler, und seine Lippen waren mit roten Flecken bedeckt. Aber seine verzweifelten Augen verschlangen sie. Sie streckte ihren gesunden Arm aus und zog ihn nahe zu sich heran. Für einen Moment vergaß sie all die Schrecken der grauenvollen Nacht bei einem langen Kuss.

Er zog sich zurück. "Norma, meine Liebe. Geht es dir gut?"

Sie lächelte matt. "Mir geht's gut, Schatz, nur mein Arm. Aber was, was ist passiert?" Ihr Blick schweifte an ihm vorbei. Sie sah Jeefers' Körper, verzerrt, hängend und bewegungslos auf dem Boden liegen. Eine dunkle Pfütze sammelte sich langsam in der Nähe seines Kopfes.

"Ich war nicht so bewusstlos, wie es schien. Ich kam zu mir, während Sabin und der Kerl, der sich Smith nannte, sich unterhielten. Silas war nicht sehr vorsichtig gewesen, als er mich fesselte; er dachte wahrscheinlich, ich sei nicht mehr bei Bewusstsein, und sie bemerkten nicht, dass ich an den Schnüren arbeitete, während ich dort lag. Ich hatte sie fast von meinen Handgelenken gelöst, als Jeefers auftauchte, wurde aber wieder ohnmächtig, als er mich über die Schulter warf, und wachte gerade auf, als er mit seinem Auftritt an der Presse begann. Ich musste mich vorsichtig bewegen, damit er mich nicht bemerkte, und es dauerte ein wenig, bis ich mich befreien konnte.

"Ist er ..."

"Tot. Ja. Er war sowieso ziemlich schwer verletzt, und als ich ihn ansprang, war er mir nicht gewachsen, obwohl ich im Moment selbst kein Preisgeld wert bin. Er bekam ein oder zwei ordentliche Treffer ab, dann bin ich über ihn gestolpert, und er schlug mit dem Kopf gegen die Seite der Maschine. Das hat ihn erledigt."

"Gott sei Dank. Oh, Gott sei Dank! Aber Ted, was ist das eigentlich für eine Maschine? Was hat es damit auf sich?"

"Es ist eine Handdruckpresse, wie die, die Künstler für Radierungen benutzen, nur größer. In ihr befindet sich eine Kupferplatte, eine wunderschön ausgeführte Gravur von Onkel Sams bester Zehndollarnote."

"Dann waren sie also Fälscher!"

"Ja. Dies war ein idealer Ort zum Arbeiten, isoliert und leicht zu bewachen. Der gesamte Verkehr muss über den Oak Mountain kommen, und der Pass kann von hier aus rechtzeitig beobachtet werden, um alle Spuren zu beseitigen. Sabin muss diesen versteckten Raum und diese Treppe nach dem Tod deines Vaters gebaut haben, muss seit Jahren gut daran gearbeitet haben. Kein Wunder, dass er etwas dagegen hatte, dass ich mich hier aufhalte.

"Ich sehe jetzt alles. Smith war derjenige, der Silas darauf angesetzt hat, er muss der Verteiler gewesen sein. Dann kamen viele Dinge auf einmal. Jeefers muss davon erfahren haben, und vielleicht hat er angefangen, Silas zu erpressen. Ich war mit dir verlobt; Silas würde seinen Platz hier in einem Monat verlieren. Und es kam zu einer Art Streit zwischen ihm und Smiths Bande. Der Sturm trieb uns alle hierher, und er fing an, uns alle zu töten, damit er alles in seiner Hand hätte. Die anderen wehrten sich ..."

Alles passte zusammen. Der Schleicher im zweiten Stock, derjenige, der sie von hinten auf dem Dachboden angegriffen hatte, war Silas gewesen. Silas war nicht zu sehen, als sie die Treppe hinaufging. Jeefers, der zuvor attackiert und dort oben zum Sterben zurückgelassen worden war, kam rechtzeitig zu sich, um gegen Sabin zu kämpfen und das Mädchen zu retten. Er hatte sich einen eigenen Plan ausgedacht, um das Haus und die Ausrüstung zu übernehmen und damit schmutziges Geld zu verdienen. Der Sturm hatte ihnen allen die Gelegenheit dazu gegeben ...

"Das ist ungefähr die Dimension des Ganzen. Aber lass uns von hier verschwinden."

Die Kerze gab ihnen genügend Licht, um die Treppe zu erklimmen. Ted fand den Verschluss, der das Panel freigab und ihnen den Zugang zum Salon ermöglichte. Als es sich öffnete, sagte ihnen gelbes Licht, dass der Strom wieder an war. Sie gingen hinaus ... und hielten kurz bei dem an, was sie sahen ...

"Guten Tag, wie geht es euch?", schnitt eine dünne Pfeifenstimme durch die Stille. "Ich wusste nicht, wie man das Ding öffnet, also habe ich darauf gewartet, dass jemand kommt."

Smith saß bequem auf dem Kaminstuhl, auf dem Norma ihn zum ersten Mal gesehen hatte. Seine Hände ruhten auf seinem Rumpf, und die kleine Automatik schaute sie bedrohlich an.

Norma erstarrte. "Was wollen Sie hier?" Ted explodierte. "Wir hörten Sie ..."

"Weggehen. Ja, ich bin gegangen, um denjenigen von euch zu täuschen, der vielleicht noch am Leben ist, wenn das Verfahren dort unten beendet ist. Ich fuhr zurück und wartete."

"Was wollen Sie von mir?"

"Zwei Dinge. Erstens, die Platten da unten, die Juan geätzt hat. Sie sind die perfektesten, die je gemacht wurden, und können unter den gegebenen Umständen nicht ersetzt werden. Das Zweite ist euer Schweigen. Dieses kleine Spielzeug wird sich um Letzteres kümmern und den Weg zum Ersten freimachen. Ihr habt zwei Minuten Zeit, um euch zu verabschieden ..."

Die riesige, lüsterne Masse von ihm war ein Berg des Bösen, als er den Stuhl überflutete. Auf der leeren Größe seines Gesichts lag keine Emotion, weder Triumph noch Gnade. Seine winzigen Augen zuckten über Norma hinweg und schienen ihr die Kleider vom Leib zu reißen. "Zu schade, dass die kleine Dame sterben muss."

Norma schluchzte; weißgesichtig und halb ohnmächtig, unfähig, sich länger zusammenzureißen, rutschte sie zu Boden. Als sie dort in einem zerknitterten Haufen lag, berührte ihre Hand den zusammengesackten, blutigen Körper von Silas, der dort lag. Ihre Finger schlossen sich um den Griff von Jeefers' Messer, das in seiner Brust steckte. Das Gefühl, das sie dabei empfand, schien ihr schnell schwindendes Bewusstsein wie in einem Rausch zurückzubringen. In dem Messer lag die Erlösung - für sie selbst und für Ted. Scheinbar in einer einzigen Bewegung zog sie es heraus und schleuderte es direkt auf Smith!

Die Entfernung war kurz, und die Verzweiflung verlieh ihrem Arm Kraft und Richtung. Die Messerspitze traf zuerst, traf die Kehle des Fälschers und bohrte sich hinein. Die Automatik spuckte, aber ihr Ziel war unkontrolliert. Ted machte einen fliegenden Sprung und seine Faust prallte in das fette, obszöne Gesicht. Aber seine Anstrengung war unnötig. Aus den Lippen des dicken Mannes sprudelte Blut, und er war nichts weiter als ein schlaffer Haufen von geleeartigem Protoplasma auf dem Stuhl. Die Bande, die in das verborgene Tal eingedrungen war, war endlich ausgelöscht.

Draußen, mit einem letzten Donnergrollen, endete der Sturm. Ted zog die Jalousien hoch. Eine klar scheinende Sonne spähte über den Rand des Eichenbergs, und irgendwo begrüßte ihn das Krähen eines Hahns.

Norma blickte von Prudence auf, deren kalte Hände sie sich wund gescheuert hatte. Ihre Stirn runzelte sich. "Aber, Ted. Wessen Skelett war das, über das wir am Ufer des Baches stolperten?"

Der junge Mann drehte sich zu ihr um. "Daran ist nichts Geheimnisvolles, meine Liebe. Ich dachte daran, während wir zum Haus liefen, aber ich konnte mich nicht über das Heulen des Windes hinwegsetzen, und danach hatte ich weiß Gott keine Gelegenheit, es dir zu sagen. Ich habe mir vor nicht allzu langer Zeit im Bezirksamt einige alte Aufzeichnungen angesehen, und da gab es einen Bericht, der mich sehr interessierte. Er erzählte von der Suche nach einem Mann, der vor zwanzig Jahren verschwunden war, irgendwo hier im Hidden Valley. Er war verkrüppelt, deformiert - und sein Name war Elmer Jeefers. Er muss der Vater von Train Jeefers gewesen sein."

ENDE

Operation in der vierten Dimension

Miles J. Breuer M.D. [3]

Er trat auf die Gummimatte, und einen Moment später waren Dr. Banza und die Kranken-schwester erstaunt, als sie sahen, wie er plötzlich aus dem Blickfeld verschwand.

Der bekannte Autor präsentiert hier eine andere Art von Geschichte über die vierte Raumdimension. Es ist übrigens eine sehr clevere psychologische Studie - eine, die zum Schmunzeln anregt. Und Sie werden sich fragen, ob wir, wenn wir die vierte Raumdimension einmal nutzen können, Situationen haben werden, wie sie in dieser Geschichte so gut erzählt werden.

---

3   Originaltitel *The Appendix and the Spectacles* veröffentlicht in *Amazing Stories*, 1928

Old Cladgett, der Präsident der First National Bank of Collegeburg, blickte mit einem finsteren Blick über seinen Mahagonitisch auf den unglücklichen jungen Mann davor. Cladgett war ganz in große Speckrollen und Tränensäcke gebettet, und er blickte finster drein, bis der Raum düster wurde und die Decke sich zu senken schien. "Ich leite eine Bank, keinen Wohltätigkeitsklub", knurrte er und legte seine Faust auf den Tisch.

Bookstrom zuckte zusammen und beherrschte sich dann mit einem leichten Frösteln.

"Aber Sir", protestierte er, "alles, worum ich bitte, ist eine Verlängerung der Frist für diesen Schuldschein. Ich könnte ihn leicht in drei oder vier Jahren zurückzahlen. Wenn Sie mich zwingen, ihn jetzt zu bezahlen, muss ich mein Medizinstudium aufgeben."

Harte, unangenehme, kehlige Geräusche, lösten sich in Cladgetts Hals.

"Diese Bank kümmert sich nicht um kleine Jungen und ihre Träume", knurrte er. "Dieser Schuldschein ist fällig und Sie bezahlen ihn. Sie sind körperlich gesund und können arbeiten."

Mechanisch, wie in einem Nebel, holte Bookstrom seine Brieftasche hervor und zählte das Geld aus. Als die Summe komplett war, hatte er noch zehn Dollar übrig. Die Hoffnung, die ihn durch mehrere Jahre der Not und Schwierigkeiten angespornt hatte, die Hoffnung auf einen Abschluss als Arzt und eine eigene Praxis waren nun dahin. Er war am Ende seiner Kräfte. Nachdem der medizinische Studiengang unterbrochen worden war, wusste er, dass es keine Hoffnung mehr gab, ihn wieder aufzunehmen. Heutzutage ist das Medizinstudium zu anstrengend; auf dem Weg zum Doktorgrad wird nicht mehr gebummelt.

Er ging direkt zur Universität, um sich für eine Lehrtätigkeit in angewandter Mathematik zu bewerben, die ihm kürzlich angeboten worden war. In Filmen und Romanen wird ein Oger wie Cladgett in der Regel bald mit einer Art Vergeltung bestraft. Die Schwarze Hand erwischt ihn oder ein zu Unrecht geschädigter Schuldner vergiftet ihn, oder ein Backsteinhaus stürzt über seinem Kopf zusammen. Aber Cladgett lebte in Collegeburg und wurde immer wohlhabender. Er war gezwungen, reich zu werden, denn er nahm von allen alles, was er bekommen konnte, und gab niemandem etwas. Er wurde immer etwas grauer und etwas dicker und schien immer mehr Freude und Glück zu haben, wenn er seine Mitmenschen finanziell ausnutzte. Und er schien so sicher zu sein wie der Fels von Gibraltar.

Dann, nach fünfzehn Jahren, erwischte ihn ein plötzlicher Anfall von akuter Blinddarmentzündung. An diesem Morgen war er an seinem Schreibtisch und hatte Briefe an seine Direktoren diktiert, in denen er ihnen anwies, in vier Tagen unbedingt an einer Sitzung teilzunehmen. Die Bank war dabei, ein großes Vermögen als Treuhänder zu übernehmen, und wenn nicht jeder Direktor den Vertrag persönlich unterschrieb, war das Geschäft verloren und mit ihm ein fettes Honorar. Am Nachmittag lag er im Bett, stöhnte vor Schmerzen und verfluchte den Arzt, weil er ihn nicht sofort geheilt hatte.

"Blinddarmentzündung!", schrie er. "Das ist unmöglich!"

Dr. Banza verbeugte sich vor und sagte nichts. Mit zarten Fingerspitzen tastete er die Muskeln im rechten unteren Quadranten des Bauches ab. Er schüttelte den Kopf über das Thermometer, das er dem kranken Mann aus dem Mund nahm. Er zog einen Tropfen Blut aus der Fingerspitze des Patienten in eine winzige Pipette und nahm diese mit.

Nach einer Stunde war er wieder da, und Cladgett las das Ergebnis in seinem Gesicht ab.

"Operation!", johlte er wie ein geprügelter Junge. "Ich kann mich nicht operieren lassen! Ich werde sterben!"

Er schien es als die Schuld des Arztes zu betrachten, dass er eine Blinddarmentzündung hatte und sich operieren lassen musste. "Sagen Sie", sagte er rationaler, als ihm eine Idee kam. "Ist Ihnen klar, dass ich in drei Tagen ein wichtiges Direktorentreffen habe? Das darf ich wegen einer Operation nicht verpassen. Hören Sie zu; seien Sie vernünftig. Ich gebe Ihnen tausend Dollar, wenn Sie mich in guter Verfassung zu diesem Treffen bringen."

Dr. Banza zuckte die Achseln.

"Ich gehe jetzt zum Abendessen", sagte er mit der Stimme, die man gegenüber einem verdrießlichen Kind benutzt. "Sie haben zwei oder drei Stunden Zeit, während ich darüber nachdenke. Bis dahin sind Sie leider ein Notfall."

Dr. Banza schlenderte nachdenklich zur College-Taverne hinüber, und als er hereinkam, schaute er sich nach einem Tisch um, an dem er sein Abendessen zu sich nehmen konnte. Er fühlte, wie seine Schultern berührt wurden.

"Setz dich und iss mit mir", lud sein unbemerkter Freund ein.

"Aber hallo, Bookstrom!", rief er warm, als er erkannte, wer es war.

"Hallo, du", erwiderte Bookstrom, nun stattlich und fröhlich zugleich, mit einem leichten Zwinkern in den Augen.

"Aber was ist denn los? Du siehst bedrückt und entmutigt aus."

Während des Essens erzählte Banza seinem Freund von dem ärgerlichen Dilemma mit dem verstockt und jähzornig wirkenden Cladgett, der seiner Karriere mit dem sicheren Ruin drohte.

"Ich habe Lust, ihm zu sagen, er soll zur Hölle fahren", schloss Dr. Banza.

Bookstrom saß lange Zeit in stiller Überlegung, seine Ellbogen lehnten auf dem Tisch und er summte eine kleine Melodie durch seine verschränkten Hände.

"Genau das, wonach ich gesucht habe", sagte er schließlich langsam, als sei er zu einer schwierigen Entscheidung gekommen. "Möchtest du dir einen kleinen Vortrag anhören, Banza? Dann kannst du entscheiden, ob ich dir helfen kann oder nicht?"

"Wenn du mir helfen kannst, bist du ein Medizinmann. Schieß los mit dem Vortrag." Dr. Banza lehnte sich zurück und wartete, mit großer äußerlicher Geduld.

"Du erinnerst dich", eröffnete Bookstrom, "dass ich ein paar Jahre an der Medizinischen Hochschule zugebracht hatte und aufhören musste. Das erklärt, warum ich so plötzlich auf diese Idee gekommen bin, gerade jetzt."

"Mein derzeitiger Titel als Professor für angewandte Mathematik ist nicht ohne Bedeutung. Ich habe diesmal etwas Mathematik eingesetzt, das werde ich der Welt mitteilen."

"Man hört heutzutage viel über die vierte Dimension. Die meisten Leute schnauben, wenn man sie erwähnt. Manche zeigen mit dem Finger auf dich oder greifen dir ans Revers und fragen dich, was das ist. Ich weiß nicht, was es ist! Bilde dir nicht ein, dass ich entdeckt habe, was die vierte Dimension ist. Aber ich weiß auch nicht, was Licht oder Gravitation ist, außer in einem 'rein mathematischen' Sinn. Dennoch nutze ich Licht und Gravitation jeden Tag auf praktische Weise, nicht wahr?"

"Nun, ich habe gelernt, die vierte Dimension zu nutzen, ohne zu wissen, was sie ist. Und hier sage ich dir, wie wir sie auf deinen Cladgett anwenden können. Es ist so, ich hege einen alten Groll gegen diesen Vogel, und er muss es mir jetzt sofort mit echtem Geld zurückzahlen. Du nimmst deine 1.000 und bekommst noch 1.000 für mich ..."

"Nun, wie können wir die vierte Dimension nutzen, um ihm zu helfen? Um das zu erklären, muss ich es an einem Beispiel aus einer zweidimensionalen Existenzebene veranschaulichen. Angenommen, du und Cladgett wären zweidimensionale Wesen, die auf die Ebene dieses Blattes Papier beschränkt sind. Du könntest dich auf dem Papier in jede Richtung bewegen, aber du könntest dich nicht nach oben davon lösen. Hier ist Cladgett. Du kannst dich um ihn herum bewegen, aber du kannst nicht über ihn springen, genauso wenig wie du dich von innen nach außen wenden kannst."

"Die einzige Möglichkeit, wie du, ein zweidimensionaler Chirurg, einen Blinddarm von diesem zweidimensionalen Wicht entfernen kannst, besteht darin, irgendwo in seinem Umriss ein Loch zu machen, hineinzugreifen, den Blinddarm von seinen Befestigungen zu lösen und ihn herauszuziehen, alles begrenzt auf die Oberfläche des Papiers. Ist das so weit klar?"

Banza nickte, ohne zu unterbrechen.

"Aber nehmen wir an, ein Professor für angewandte Mathematik arrangiert es so, dass man sich leicht, unendlich leicht über die Ebene des Papiers erheben kann. Dann kannst du Cladgetts Blinddarm herausholen, ohne dass sein Umriss durchbrochen wird. Alles, was du tust, ist, über ihn zu steigen, den Blinddarm zu lokalisieren und nach unten zu greifen oder dich auf die ursprüngliche Ebene abzusenken und den Blinddarm herauszuziehen.

"Da er auf die zweidimensionale Ebene des Papiers beschränkt ist, kann er nicht sehen, wie du es machst, und auch nicht verstehen, wie. Aber hier bist du wieder auf die Ebene des Papiers zurück, wieder neben Cladgett, mit dem Wurmfortsatz in der Hand, und er wundert sich, wie du das gemacht hast."

"Brillante Argumentation", gab Dr. Banza zu. "Aber unglücklicherweise für ihren Nutzen in dieser Notlage ist Cladgett ein dreidimensionaler alter Klotz und ich bin es auch."

"Um fortzufahren", Bookstrom machte eine Show daraus, die Unterbrechung zu ignorieren, "nehmen wir an, ich hätte einen Aufzug gebaut, der dich ein wenig, sehr wenig entlang der vierten Dimension im rechten Winkel zu den anderen drei heben könnte. Dann könntest du nach Cladgetts Blinddarm greifen und ihn herausziehen, ohne eine Wunde in der Bauchgegend zu verursachen."

Bookstrom hörte auf und lächelte. Banza sprang ihm auf die Füße.

"Na, verdammt, kannst du das?", wollte er wissen. Die Leute in der Taverne drehten sich um und schauten sie an.

"Komm und sieh dir das an!"

Sie hielten sich an den Armen fest und gingen zu Bookstroms Laboratorium. Offenbar war Banza mit dem, was er sah, zufrieden, denn schon nach fünf Minuten kam er aus der Tür gerannt, rief ein Taxi und ließ sich zu Cladgetts Haus fahren.

Dort hatte er Probleme mit den zweitausend Dollar im Voraus. Es war unethisch, das zu verlangen, aber er war ein Psychologe, der klug genug war, um Bookstroms Gründe zu erkennen und zu respektieren.

"Ich habe einen Spezialisten gefunden", kündigte er an, "und bin persönlich davon überzeugt, dass er tun kann, was Sie wollen. Nach zwei Tagen Ruhe im Bett und anschließender Schonung durch eine Diät können Sie zur geplanten Sitzung gehen".

"Dann los", stöhnte Cladgett.

"Aber dieser Mann will tausend Dollar und besteht darauf, dass seine und meine tausend Dollar im Voraus bezahlt werden müssen", erklärte Banza bescheiden.

Cladgett erhob sich im Bett.

"Oh, ihr Ärzte seid ein Haufen Räuber!", rief er. Dann stöhnte er und fiel wieder zurück. Die Blinddarmentzündung war zu viel für ihn. Ein so starker und lang anhaltender Schmerz wie der einer akuten Blinddarmentzündung zwingt jeden, etwas zu tun. Bald saßen Cladgett und eine Krankenschwester in einem Krankenwagen, der auf die Universität zusteuerte, und Banza hatte zwei Schecks in der Tasche.

Bookstrom war bereit. Ein halbes Dutzend einfacher chirurgischer Instrumente, die für die eigentliche Entfernung des Blinddarms ausreichten, wurden sterilisiert und abgedeckt. Er legte Cladgett auf einen langen Holztisch und bat die Krankenschwester, sich mit einer Chloroform-Maske an seinen Kopf zu setzen, mit der Anweisung, sie zu benutzen, wenn er sich beschweren würde. Er wies Banza an, seine Hände zu schrubben. Neben Cladgett befand sich der "Fahrstuhl".

Es war nicht viel an der Maschine dran. Alle großen Dinge sind einfach, nehme ich an. Es gab drei rechtwinklig zueinander angeordnete Aluminiumträger mit je einem Zylinder und einem Kolben, aus denen Stangen an einem Punkt zusammenkamen, an dem sich eine Art "Kardangelenk" befand, über dem eine dicke Gummimatte lag. Das war alles.

"Du meinst, ich soll auf das Ding steigen und irgendwo ins Nirgendwo geschoben werden?" Banza sah besorgt aus.

"Ich werde nicht darauf bestehen", lächelte Bookstrom.

"Nein danke", sagte Banza bereitwillig. "Ich gebe ihm jedes Betäubungsmittel, das er braucht." Banza fühlte sich zweifellos nicht wohl in der Verantwortung, denn der Patient war schwer krank.

"Gut!" Bookstrom schien die Situation sehr zu genießen. "Ich weiß immer noch, wie man einen Blinddarm entfernt. Das ist elementare Chirurgie, Amateurkram."

Ein Sturm des Protests brach aus Cladgett heraus.

"Ich will nicht operiert werden. Sie haben versprochen ..."; er rang die Hände und schlug mit den Fersen auf den Tisch.

"Wir haben versprochen", sagte Bookstrom süß, "dass wir Sie nicht operieren werden. Sie werden nie einen Kratzer an sich selbst finden."

Cladgett beruhigte sich. Bookstrom schrubbte seine Hände und wickelte seine rechte in ein steriles Handtuch, um die Maschine zu manipulieren. Er trat auf die Gummimatte, und einen Moment später waren Dr. Banza und die Krankenschwester erstaunt, als sie sahen, wie er plötzlich aus dem Blickfeld verschwand.

Klick! Und er war nicht da, sondern in der vierten Dimension. Bevor sie sich von ihrem Erstaunen erholten, begann Cladgett sich zu beschweren. Dr. Banza musste anfangen, Chloroform zu geben. Er tat es langsam und vorsichtig, während Cladgett stöhnte und fluchte und um sich schlug.

"Lieg still, du Dummkopf!", rief Bookstroms Stimme in besorgter Weise, direkt neben ihnen. Sie verursachte ihnen eine Gänsehaut, denn er war nicht zu sehen. Nach und nach beruhigte sich der Patient und atmete tief durch, und der Arzt und die Krankenschwester atmeten erleichtert auf und hatten Zeit, über alles nachzudenken. Es klickte noch einmal! Und da stand Bookstrom, zurück aus der vierten Dimension, mit einem Tablett blutiger Instrumente in der Hand.

"Pippin!", rief er begeistert aus und zeigte auf den Blinddarm.

Er war auf die Größe eines Daumens angeschwollen, mit violetten Stockflecken, schwarzen Wundbrandzonen und gelben Fibrinflecken. "Du bist gar kein so schlechter Diagnostiker, Banza!"

"Lege es in Formalin, um ihm zu zeigen, wie krank er war", schlug Banza vor.

"Du wirst eine Menge Zeit brauchen, um jedem zu beweisen, dass ihm das rausgeholt wurde. Vergiss es und zahle deinen Scheck ein. Wenn du eines Tages die Nerven aufbringst, zeige ich dir, wie es sich anfühlt, wenn du das Innere eines Menschen auf einmal siehst und wie alles arbeitet.

Als Cladgett aufwachte, fühlte er sich wegen einer Operationswunde völlig erschöpft, und als er keine Wunde fand, murmelte er eine Zeit lang mürrisch vor sich hin. Am nächsten Tag ging es ihm viel besser. Seine Schmerzen waren ganz verschwunden, und er fühlte nicht mehr die schreckliche Niedergeschlagenheit des Vortages. Am zweiten Tag war sein Fieber verschwunden, und er hatte einen Heißhunger. Am dritten Tag war er lediglich müde. Am vierten Tag fuhr er in seinem eigenen Auto zur Direktorenversammlung und murmelte, dass er sowieso nie eine Blinddarmentzündung gehabt hätte und dass die Ärzte ihn um zweitausend Dollar betrogen hätten.

"Hatte die Idee, Sie auf Schadenersatz zu verklagen. Kann es noch tun!", knurrte er Dr. Banza an. "Ich schließe den Wert meiner Brille ein. Sie haben sie irgendwo kaputtgemacht. Verdammter Leichtsinn."

Dr. Banza verbeugte sich und ging.

"Wenn er das nächste Mal einen Arzt brauche", sagte er sich, "kann er einen aus Madagaskar anrufen, bevor ich zu ihm gehe."

Aber Dr. Banza unterschied sich nicht von jedem anderen guten Arzt. Es dauerte keine zwei Wochen, bis Cladgett ihn anrief, und wieder war er "dumm genug, um zu gehen", wie er es selbst ausdrückte.

Dieses Mal lag Cladgett nicht im Bett. Er streichelte seinen halbkugelförmigen Unterleib in einem Sessel.

"Er keuchte antagonistisch: "Ich dachte, Sie sagten, Sie würden mich von dieser Blinddarmentzündung heilen!"

"Aha, Sie hatten also eine Blinddarmentzündung?", dachte der Arzt bei sich.

Laut bat er Cladgett, seine Symptome zu beschreiben, was Cladgett auf die populäre Art und Weise tat.

"Ich glaube, es sind Verwachsungen!", fuhr er fort.

"Adhäsionen gibt es vor allem in den Gehirnen der Laien, und im Gespräch mit Ärzten, die zu faul sind, eine Diagnose zu stellen." Dr. Banzas höfliche Haltung ließ ihn im Stich.

Er maß Fieber und Blutdruck seines Patienten, tastete vorsichtig die Bauchmuskeln ab und zählte die Leukozyten in einem Blutstropfen.

"Sie haben eine empfindliche Stelle", sinnierte er, "und möglicherweise eine leicht tastbare Schwellung. Aber keine Anzeichen für einen infektiösen Prozess. Keine Muskelsteifheit. Wird es schlimmer?"

"Es wird jeden Tag schlimmer!", stöhnte er theatralisch. "Was ist los, Doc?"

Dr. Banza widerstand heldenhaft der Versuchung, ihm zu sagen, dass er ein Karzinom der Eierstöcke habe, und sagte stattdessen mit studierter Sorgfalt: "Ich kann nicht ganz sicher sein, bis wir ein Röntgenbild haben. Können Sie in die Praxis kommen?"

Mit viel Ächzen und Keuchen kam Cladgett in die Praxis und legte sich auf den Röntgentisch. Dr. Banza machte eine Probeaufnahme und dann mehrere weitere Röntgenaufnahmen. Er blieb unendlich lange im Entwicklungsraum und kam dann mit einem roten Gesicht heraus.

"Nun! Was?", kläffte Cladgett.

"Oh, nur eine Bagatelle, die keine Rolle spielt. Kommen Sie, steigen Sie zu mir ins Auto. Wir fahren rüber zu Professor Bookstroms Laboratorium, und gleich werden wir Sie dauerhaft erleichtert haben und Sie werden sich gut fühlen."

"Ich gehe nie wieder zu diesem Scharlatan!", brüllte Cladgett. "Und ihr Ärzte versucht immer, um den heißen Brei herumzureden und weigert euch, den Leuten die Wahrheit zu sagen. Diesen Gag können Sie mir nicht antun! Ich will es genau wissen!"

Er rüttelte Banzas beide Arme.

"Aber wirklich!" Dr. Banza benahm sich sehr verlegen. "Es ist nichts, was nicht in wenigen Sekunden korrigiert werden kann ..."

"Verdammt!", schrie Cladgett. "Geben Sie mir das Röntgenbild, oder ich zertrümmere Ihre Wohnung!"

Dr. Banza ging rein und schob den nassen Film in den Rahmen. Er ging zur Außentür. Cladgett folgte ihm wütend dorthin, und dort erhielt er den Film. Banza wich zurück, während Cladgett das Negativ ins Licht hielt. Dort, sehr deutlich sichtbar im rechten unteren Quadranten des Unterleibs, war eine altmodische Kneiferbrille zu sehen!

Merkwürdige Erschütterungen und Zitterbewegungen schienen Cladgetts Körperbau zu durchziehen und seine Kleidung zu durchdringen. Er schüttelte und wand sich wellenförmig und wurde plötzlich fleckig. Sein Gesicht verfärbte sich abwechselnd weiß und violett; sein Kiefer arbeitete auf und ab, und sein Mund öffnete und schloss sich krampfhaft, obwohl kein Geräusch zu hören war. Plötzlich drehte er sich um und stampfte aus dem Gebäude und trug den nassen Film mit sich.

Der alte Mann war ein ziemlich guter Menschenkenner, sonst hätte er das Geld, das er machte, nie verdient. Auf irgendeine unbewusste Weise hatte er erkannt, dass Bookstrom der Mann sein musste, den man hinter dieser Sache vermuten musste. Banza rief Bookstrom sofort an und erzählte ihm die Einzelheiten.

"Wie bedauerlich!", rief Bookstrom aus. In seiner Stimme lag ein verdächtiger Ton. Diese Sorge um Cladgett kann kaum echt gewesen sein.

"Er kommt rüber!", warnte Banza.

"Ich werde stolz sein, einen so angesehenen Gast zu empfangen."

Das war alles, was Banza erreichen konnte. Er war krank vor Bestürzung und Angst.

Bookstrom hörte Cladgetts donnerndes Herannahen durch den Flur. Dann brach die Tür auf, und ein Stuhl fiel um, gefolgt von einem Regal mit Schaubildern und einem großen Koffer voller Modelle. Cladgett schien eine gewisse Genugtuung aus dem Chaos zu ziehen, diesmal dachte er nicht im Traum daran, dass Bookstrom in der Lage wäre, die Bühne für eine solche Show zu bereiten.

"Du – du -", stotterte Cladgett, der immer noch nicht in der Lage war, zusammenhängend zu sprechen.

"Schade; schade", tröstete Bookstrom freundlich. "Zeigen Sie uns Ihr Röntgenbild."

"Ah, wie interessant!" Bookstrom konnte seine Stimme mit großer Begeisterung einsetzen. "Die Frage ist wohl, wie sie da reingekommen ist?" Er blickte von Cladgetts vorstehender Halbkugel zu der Brille auf dem Röntgenfilm hin und her, als ob er andeuten wollte, dass in einer so gewaltigen Wölbung sicherlich Platz für so etwas Kleines wie eine Brille sein müsste.

"Du hast sie dort hingelegt, du Gauner, du Schurke, du Räuber, du dreckiger Dieb!" Der "dreckige Dieb" kam mit einem hohen Falsettschrei heraus.

"Sie erweisen mir eine große Ehre", verbeugte sich Bookstrom. "Das wäre ein 'Kunststück', ich möchte sagen, darauf könnte man stolz sein."

"Sie streiten es nicht ab, oder?" Cladgett beruhigte sich plötzlich und sprach in sauer triumphierenden Tönen.

"Es fällt mir auf", so Bookstrom, "dass dies etwas ist, das entweder schwer zu beweisen oder zu leugnen wäre.

"Ich habe die Beweise gegen Sie." Cladgett sprach kalt, so wie er es bei dieser Gelegenheit vor fünfzehn Jahren getan hatte. "Entweder zahlen Sie mir 50.000 Dollar Schadenersatz, oder es geht sofort vor Gericht."

"Mein lieber Herr!" Bookstrom verbeugte sich ernsthaft. "Sie oder irgendjemand anderes haben eine dauerhafte Einladung, meine Sachen zu durchsuchen, und wenn Sie mehr als hundert Dollar finden, können Sie die Hälfte davon haben, wenn Sie mir die andere Hälfte überlassen.

Cladgett wusste nicht, wie er darauf antworten sollte.

"Ich verklage Sie auf Schadenersatz, und zwar sofort!" Seine Worte kamen wie Schläge von einem Pfahlbohrer.

Bookstrom warf ihn mit einem Lächeln hinaus.

Die Schadensersatzklage sorgte für ein beträchtliches Aufsehen in den Schlagzeilen. Eine Brille, die bei der Operation im Bauch des Patienten zurückgelassen wurde! Das war ein Leckerbissen, über den die Öffentlichkeit schon lange nicht mehr zu schimpfen brauchte! Die Zeitungen gruben die Einzelheiten aus, sogar die Geschichte der Zwangszahlung auf dem Zettel fünfzehn Jahre zuvor und des enttäuschten Medizinstudenten; und die Tatsache, dass die Operation heimlich und nachts im Labor eines Mannes durchgeführt wurde, der kein zugelassener Mediziner war, denn Bookstroms Titel "Dr." war ein philosophischer, kein medizinischer. Die Öffentlichkeit freute sich und leckte sich in Erwartung weiterer Leckerbissen bei der Verhandlung die Lippen.

Aber eine solche Verhandlung kam nie zustande. Unmittelbar nach der Klageerhebung ersuchte Bookstroms Anwalt um die Erlaubnis, die Person des Klägers gründlich zu untersuchen. Diese wurde erteilt. Der Anwalt machte den Richter dann still und leise darauf aufmerksam, dass der Körper des Klägers keine Narben oder Operationsspuren irgendwelcher Art aufwies; daher war es offensichtlich, dass er nie operiert worden war und daher nichts in seinem Unterleib hätte zurückbleiben können. Der Richter hielt eine informelle Vorverhandlung ab und verwies den Fall aus dem Gericht. Er räumte ein, dass es merkwürdige Vorgänge gab, aber er war beschäftigt und müde, und sein Terminkalender war so voll, dass er nervös wurde; er war froh, alles zu vergessen, was formal erledigt war.

Cladgett wurde immer kränker. Der Schmerz und die Geschwulst in seiner Seite nahmen zu. In weiteren zwei Wochen war er ein unglücklicher Mann. Er schaffte es immer noch, ein wenig auf den Beinen zu sein, aber sein Gesicht war von Leid (und Wut) gezeichnet, und die Schmerzen quälten ihn ständig. Er hatte fünfundzwanzig Pfund an Gewicht verlo-

47

ren und sah aus wie ein elender Schatten seines früheren Selbst.

Eines Tages stürzte er sich in Bookstroms Büro. Bookstrom entließ den Stenografen und die beiden studentischen Hilfskräfte und stellte sich Cladgett gegenüber.

"Banza sagt, Sie können das irgendwie in Ordnung bringen", sagte Cladgett, und es klang wie "gr-r-rump, gr-r-rump, gr-r-rump!

"Ich habe beschlossen, Sie weitermachen zu lassen."

"Das ist sehr nett von Ihnen", schnurrte Bookstrom. "Ich sollte demütig dankbar sein für einen so großen Gefallen. Tatsächlich habe ich beschlossen, den Sultan von Sulu in den See springen zu lassen. Aber ich habe den Verdacht, dass er es nicht tun wird."

Cladgett saß da und starrte ihn eine Weile an, dann richtete er sich auf und stolperte murrend und stöhnend hinaus.

Am nächsten Tag brachte ihn Dr. Banza in Dr. Bookstroms Laboratorium.

Cladgett setzte sich auf einen Stuhl, bevor er etwas sagte.

"Ich bin überzeugt, dass Banza Recht hat und dass Sie mir helfen können. Wie hoch ist der Preis für Ihren Raubzug?"

"Es ist der Preis eines Highway-Räubers, mit dem Akzent auf dem High", murmelte Bookstrom missbilligend.

"Na, dann raus damit, Sie ..." Cladgett bremste sich klugerweise selbst.

"Ich verlange nichts für mich selbst", erklärte Bookstrom und wurde plötzlich ernst. "Aber wenn Sie wollen, dass ich diese Brille aus Ihnen heraushole, begleichen Sie hier und jetzt eine Summe, um einen Studentenfonds zu gründen, um würdigen und bedürftigen wissenschaftlichen Studenten Geld zu leihen, das sie zurückzahlen können, wenn sie etabliert sind und Geld verdienen. Ich glaube, als Sie

mit mir über eine Schadensklage sprachen, erwähnten Sie die Summe von fünfzigtausend Dollar. Nennen wir es so."

"Fünfzigtausend Dollar!", schrie Cladgett mit einem hohen Falsett. Er war schwach und labil. "Das ist doch absurd! Das ist eine kriminelle Erpressung."

"Das ist nicht mein Ziel", erklärte Bookstrom.

"Sie haben alles auf mich abgestellt", klagte Cladgett, aber seine Stimme sank gegen Ende.

"Erzählen Sie das dem Richter. Oder gehen Sie zu einem Chirurgen, der Sie aufschneiden und die Brille herausnehmen soll. Das wäre billiger."

"Operation!", schrie Cladgett. "Ich kann eine Operation nicht ertragen."

Er schaute verzweifelt auf Banza, aber es gab keine Hoffnung.

"Dies scheint mir eine wunderbare Gelegenheit zu sein", erklärte Banza, "für Sie, einen gemeinnützigen Dienst zu erbringen und sich in der Gemeinde zu profilieren. Ich bin sicher, dass dieser Geldbetrag Sie nicht ernsthaft beeinträchtigen wird."

Cladgett ging auf die Tür zu, stöhnte dann und fiel schwerfällig in seinen Stuhl zurück. Er saß eine Weile stöhnend da, wobei sein Leiden sowohl geistig als auch körperlich war; schließlich griff er in seine Tasche, um seinen Stift und sein Scheckbuch zu holen. Er stöhnte weiter, als er einen Scheck ausschrieb und ihn auf den Tisch warf.

"Nun, verdammt, helft mir!", kläffte er.

Sie legten ihn auf den Tisch.

"Banza, du machst es. Du hast es verdient, das zu erleben", führte Bookstrom aus.

Also trat Banza auf die Gummimatte und Bookstrom gab ihm Anweisungen.

"Bewege diesen Schalter, einen Knopf nach dem anderen. Das wird dich immer eine Stufe höher bringen. Schau dich jedes Mal um, bis du es genau richtig eingestellt hast."

Mit dem ersten Klick verschwand Banza, so wie in den Filmen plötzlich Menschen verschwinden. Cladgett stöhnte und wand sich und war dann still. Mit einem weiteren Klick erschien Banza, und in seiner Hand hielt er eine altmodische Zwickerbrille, feucht und mit einem gräulichen Film überzogen. Er hielt sie Cladgett entgegen, der sie ergriff und etwas murmelte.

"Kannst du dir vorstellen", atmete Banza, "dass du in der Mitte einer Kugel stehst und alle Bauchorgane um dich herum auf einmal siehst? So ungefähr sah es aus; allerdings nicht genau so. Da waren über meinem Kopf die Windungen des Dünndarms. Rechts war der Blinddarm mit der Brille daneben, links das Sigma und die Muskeln, die am Darmbein befestigt waren, und unter meinen Füßen das Peritoneum der vorderen Bauchwand. Aber mir war aus irgendeinem Grund schrecklich schwindlig; ich konnte es nicht lange aushalten, so sehr ich auch gerne noch eine Weile in ihm geblieben wäre ..."

"Aber du warst nicht in ihm", korrigierte Bookstrom.

Banza starrte verständnislos.

"Aber, ich habe es dir gerade gesagt. Da war ich in ihm, mit seinen Eingeweiden um mich herum, vor mir Magen und Zwerchfell, hinter mir die Blase - ich war in ihm."

"Ja, so sah es für dich aus", nickte Bookstrom. "So hat dein Gehirn, das an den dreidimensionalen Raum gewöhnt ist, es interpretiert. Aber schau. Wenn ich einen Kreis auf dieses Blatt Papier zeichne, kann ich alle Punkte im Inneren sehen, nicht wahr? Doch wenn du ein zweidimensionales Wesen wärst, würde es mir schwerfallen, dich davon zu überzeugen, dass ich mich nicht im Kreis befinde."

ENDE

In der Raumzeit verirrt

Von Arthur Leo Zagat [4]

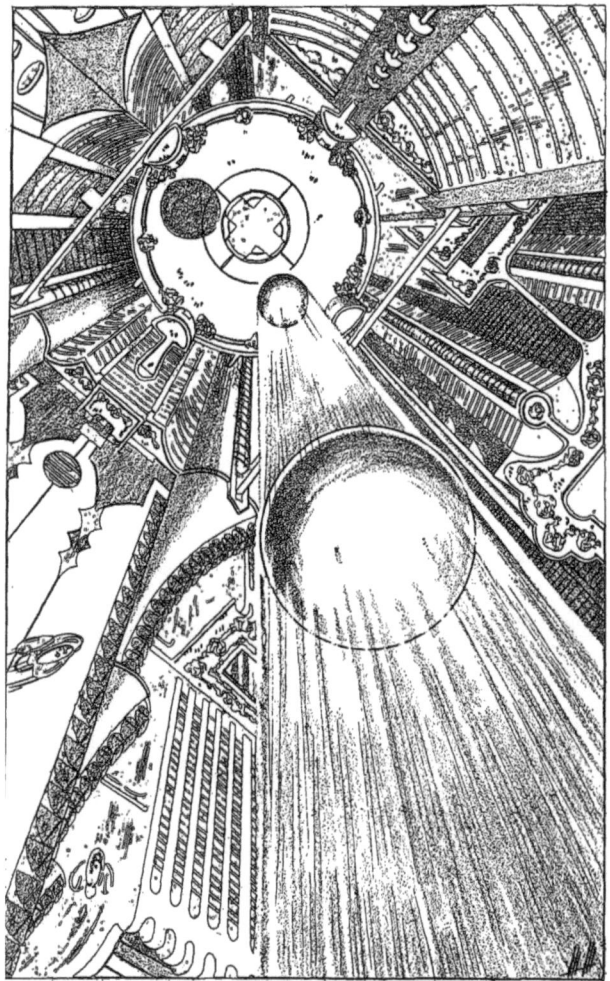

Schneller und schneller durchschnitten die beiden Kugeln die Luft.

Eine Geschichte über die Geheimnisse der Raum-Zeit-Dimensionen. Eine Verwerfung in der Raum-Zeit katapultiert Jim Dunning in ein anderes Zeitalter - vier Jahrhunderte später!

---

4   Originaltitel LOST IN TIME veröffentlicht in *Thrilling Wonder Stories*, 1937

I. - Der Stratocar

Jim Dunning keuchte in der der gewaltigen Hitze. Ein heftiges Tosen betäubte ihn. Er sprang zum festgezurrten Steuerrad der Odysseus. In einer einzigen Bewegung löste er die Bindungen und warf die ganze Kraft seiner verkrampften Muskeln in ein verzweifeltes Wirbeln der polierten Speichen. Das Deck neigte sich. Die Jolle schoss in einem schäumenden Halbkreis umher und floh wie ein lebendiges, verängstigtes Ding vor der wirbelnden, oben offenen Feuersäule, die aus dem Meer geschossen kam.

Dunning starrte über die Schulter auf das reißende Wasser, das kurz zuvor noch eine glasklare Fläche gewesen war, silbrig unter dem Mond einer windstillen Pazifiknacht. Die karminrote Säule schoss erstaunlich hoch, die Geschwindigkeit ihres Wirbelns peitschte den Ozean in lange, verschwommene Feuerspiralen.

Das ungeheure Klanggewirr steigerte sich plötzlich in der Tonhöhe und wurde zu einem Schrei. Etwas sprang am Fuß der feurigen Säule ins Auge, etwas Großes, Schwarzes und Rundes. In dem Moment, als sich das Meer hob und himmelwärts schoss, bis die Flamme aus dem Inneren eines riesigen flüssigen Kraters peitschte. Die dunkle Wand aus Wasser vergrößerte sich. Eine gewaltige Welle raste mit unglaublicher Geschwindigkeit auf Dunning zu.

Dunning kauerte über dem Steuerrad, als wolle er die nackte Kraft seines Willens dem rasenden Putt-Putt des Motors der Odysseus hinzufügen. Das kleine Schiff huschte wie ein Vollblut unter der Peitsche davon. Aber die hoch auflaufende Welle holte sie ein, ragte entsetzlich über sie hinaus. Eine salzige Lawine stürzte auf das verlorene Schiff herab.

Jim Dunning kämpfte im brodelnden Wasser um sein Leben. Ein aus den Angeln gerissener Lukendeckel schlug gegen ihn. Mit einer letzten, instinktiven Anstrengung schleppte er sich über die geknickte Planke, klammerte sich verzweifelt daran fest, als das Bewusstsein ihn verließ.

Eine leichtsinnige Wette mit einigen seiner Clubmitglieder hatte Jim Dunning sechs Wochen zuvor aus Frisco zu seinem katastrophalen Vorhaben geschickt, den Pazifik mit einer dreißig Meter langen Jolle mit Hilfsmotor im Alleingang zu überqueren. Und nun, in der grauen Morgendämmerung, trieb er inmitten einer Ansammlung von Wrackteilen auf dem kleinen Floß. Um sich herum der weite Kreis des Horizonts wie eine wogende Wasserverschwendung, ohne jegliches Lebewesen. Nur eine leichte Brise kräuselte die Meeresoberfläche, die nach der plötzlichen Turbulenz der Nacht wieder ruhig war.

Schließlich öffneten sich seine Augen. Hoffnungslos hob er seinen Kopf. Ein merkwürdiges Objekt, das wie eine große kugelförmige Boje aussah und halb unter Wasser trieb, traf seinen Blick. Aber was hatte eine Boje hier zu suchen, tausend Meilen vom nächsten Land entfernt, in einer Wassertiefe von einer halben Meile?

Dunning zog seine Schuhe aus und schwamm kräftig durch die kühle Sole. Die große Kugel hing oberhalb von ihm, während er schwamm, ihre Außenseite war glatt wie Glas. Er schwamm langsam um sie herum und suchte nach einem Vorsprung, der es ihm ermöglichen würde, zu ihrem Scheitelpunkt zu gelangen. Wenige Zentimeter über dem Wasser zeigte sich ein fadendünner Spalt. Er bildete ein Rechteck von drei Mal fünf Fuß Breite. War es ein Eintrittsloch in das Innere der Kugel, deren Schwimmen zeigte, dass sie hohl war? Es gab keinen Griff, keine Möglichkeit, sie zu öffnen.

Dunning trat Wasser und drückte mit der flachen Hand gegen den unnachgiebigen Sektor, erst nach innen, dann zur Seite, ohne Ergebnis. In plötzlicher Verzweiflung fuhr er mit der Faust gegen die polierte Oberfläche und schrie: "Mach auf, verdammt, mach auf und lass einen Kerl rein!"

Das Metall bewegte sich rasend schnell! Dunning starrte, als die gewölbte Platte einen Zoll nach innen ruckelte und dann glatt zur Seite rutschte.

"Es ist wie in Tausendundeiner Nacht", murmelte er. "Ich schrie 'Sesam öffne dich' und es öffnete sich." Ein Kribbeln an seiner Wirbelsäule erwies dem unheimlichen Geschehen Respekt. Dann kicherte er seltsamerweise.

"Das war's! Ein elektrischer Roboter. Nichts, wovor man Angst haben müsste."

Nur eine Woche vor der Abreise von Dunning hatte Tom Barton ihm diesen neuesten Einfallsreichtum der Elektrotechnik-Zauberer vorgeführt. Sie wurde in Bartons Garage installiert, eine phonoelektrische Einheit, die so eingestellt war, dass sie beim codierten Signal einer Hupe einen Motor in Bewegung setzte, um die Türen zu öffnen. Barton hatte die Idee am Flughafen aufgegriffen; dort schaltete dasselbe Gerät die Flutlichtanlage als Reaktion auf ein Sirenen-Signal eines sich nähernden Flugzeugs ein.

"Wenn Hupen und heulende Sirenen Türen öffnen können, warum dann nicht die menschliche Stimme? Schauen wir uns mal die 'Vierzig Räuber' an."

An die Unterkante der Öffnung greifend, sprang Dunning aus dem Wasser und durch die Öffnung. Er befand sich in einer geschlossenen Zelle, deren Wände und Decke durch die gewölbte Kugelfläche gebildet wurden.

Auf dem flachen Boden lag ein Mädchen, das sich nicht bewegte. Dunning verschlug es den Atem bei der weißen Schönheit, die umgeben war von langen schwarzen Haaren, die sich entlang ihrer schlanken Länge kaskadenförmig ausbreiteten.

"Nein!", stöhnte er. "Sie darf nicht tot sein!"

Dunning beugte sich über das Mädchen und hob eine schlaffe Hand, die einen Puls fühlte. Es gab ein langsames Pochen. Ein langer Pfiff der Erleichterung entwich ihm. Sie atmete flach, aber stetig, und ihre dunklen Wimpern zitterten ein wenig, wo sie sanft an der Wölbung ihrer blassen Wangen anlagen.

Gleich hinter dem Mädchen stand eine Couch. Er hob sie hinauf, legte sie hin. Sanft richtete er ihr Gewand aus einem unbekannten, schimmernden Material auf - und drehte sich zu einer feindseligen Erscheinung, die er aus den Augenwinkeln erblickte.

Er kauerte, seine Wirbelsäule kribbelte vor uralten Ängsten, seine kräftigen Arme waren halb gekrümmt, seine großen Fäuste geballt. Aber der Mann rührte sich nicht. Er saß auf einem tischähnlichen Gegenstand gleich hinter der Öffnung und starrte gerade vor sich hin. Es war seine unheimliche Starre, die fischweiße Blässe seines Gesichts, die so bedrohlich schien. Er war tot.

Dunning bewegte sich vorsichtig über den Boden auf die sitzende Leiche zu. Als er sie erreichte, kippte sie um und stürzte glitschig zu Boden.

Der beißende Geruch von verbranntem Fleisch stach Dunning in die Nase ... In der Brust des Leichnams gab es einen riesigen Hohlraum, dessen klaffende Oberfläche von einer glühenden Flamme geschwärzt und verkohlt worden war!

Dunning wandte sich mit dem Rücken zur Wand, und sein Blick huschte durch den Raum.

Der tote Mann und das bewusstlose Mädchen waren die einzigen Bewohner der Hemisphäre. Hatte jemand den Mann getötet, das Mädchen niedergeschlagen und war geflohen?

Aber wie hatte er es geschafft? Zwischen der Leiche und der Vorrichtung, vor der sie saß, gab es keinen Platz für einen Angreifer.

Dieses seltsame Objekt bestand aus einem unbekannten, schillernden Metall. Es hatte ein wenig die Größe und Kontur eines altmodischen Rollschreibtisches, ohne die Seitenflügel. Über die Mitte des aufrechten Teils, wo die Schubladen sein sollten, spannte sich eine lange Platte aus scheinbar milchig-weißem Glas, die durch einen vertikalen Metallstreifen in zwei Teile geteilt war. Oben und unten, tangential zum Rand der langen Platte an den Enden des Metallstreifens, befanden sich zwei runde Platten aus demselben trüben Glas. In den Räumen links und rechts von diesen Scheiben waren mehrere Wählscheiben angeordnet; Messgeräte oder Anzeigegeräte irgendeiner Art.

Auf einer hüfthohen, flachen Leiste befanden sich kleine farbige Hebel, die durch schlitzförmige Aussparungen hindurchragten. An der vorderen Kante davon ragte eine Metallklappe etwa vier Zoll nach unten. In dieser Metallklappe klaffte ein Loch, dessen gekräuselte Ränder von einer Flamme glatt abgeschmolzen waren, wohl von der Flamme, die den Mann zu seinen Füßen getötet hatte!

Etwas Hartes stieß ihm in den Rücken.

"Keine Bewegung! Ein Muskelzucken und du stirbst!"

Dunning erstarrte aufgrund des knackigen Befehls. Diese Stimme von hinten, die voller Bedrohung vibrierte, war dennoch unverkennbar weiblich.

Dunning gehorchte. Eine unbestimmte Merkwürdigkeit in den Worten beunruhigte ihn. Sie waren seltsam akzentuiert. Die tiefe Alt-Stimme sprach Englisch, aber ein seltsam verändertes, im Klang verherrlichtes und mit undefinierbarer Majestät züngelndes Englisch.

Eine Hand fuhr über seinen Körper.

"Du scheinst unbewaffnet zu sein - dreh dich jetzt langsam um."

Das Mädchen stand einen Meter entfernt und deutete mit einem schwarzen Rohr stetig auf ihn. Ihre Lippen waren scharlachrot auf dem toten Weiß ihrer Haut. Ihre Augen waren geweitet. Wut - und Angst - starrten aus ihren grauen Tiefen hervor.

"Was hast du mit Ran gemacht? Warum hast du ihn getötet?"

"Nichts. Ich —"

"Du lügst!", brüllte sie ihn an. "Du lügst! Du bist einer von Marnotas Handlangern, die geschickt wurden, um mich zu ermorden! Aber wie konnte er ein Attentat wagen? Es gibt immer noch das Gesetz im Land - trotz ihm."

"Ich weiß nicht, wovon Sie reden, Schwester", stellte Dunning fest. "Meine Jolle wurde gestern Abend zerstört. Als ich zu mir kam, sah ich Ihr Ding, was auch immer es ist, und schwamm darauf zu. Die Luke öffnete sich, Sie lagen auf dem Boden, tot für die Welt. Ich hob Sie auf die Couch, sah mich um und fand das hier. Ich weiß weniger als Sie, wie Ran getötet wurde:"

Ein Schimmer von Zweifel überzog das Gesicht des Mädchens. Ihre Anspannung lockerte sich kaum merklich.

"Ihre Stimme ist so seltsam, Sie sprechen so seltsam. Wo kommen Sie her? Was sind Sie?"

"Ich bin Amerikaner."

Der Verdacht flammte wieder auf, und der Hass. Dunning wartete, was ihm wie eine Ewigkeit schien, auf einen Blitz aus dem Todeszylinder.

"Aber irgendwie wirken Sie nicht wie ein Mörder", sagte sie. "Sie haben nicht das brutale Aussehen von Marnotas Söldnern. Es gibt hier etwas Seltsames, etwas, das ich nicht verstehe." Das Rohr schwankte, fiel ein wenig ab.

Dunning sah seine Chance. Seine Hand schlug aus, schloss sich um die unheimliche

Waffe und riss sie weg. Das Mädchen keuchte. Sie war weiß, wie eine erstarrte Flamme.

"Nur zu", flüsterte sie trotzig. "Erledige deine Aufgabe. Druck auf den Knopf und töte mich."

"Ich habe nicht den Wunsch, Sie zu töten oder Ihnen zu schaden", kicherte Dunning. "Ich will nur wissen, worum es hier geht. Ich bin Jim Dunning. Wie ist Ihr Name?"

"Ich bin Thalma, Thalma aus dem Hause Adams", verkündete sie stolz.

"Entschuldigung, Miss Adams. Der Name sagt mir nichts."

Erstaunen zeigte sich in ihren Gesichtszügen.

"Sie kennen mich nicht!", rief sie erstaunt aus. "Und Sie sagen, Sie sind ein Amerikaner?"

"Ich habe San Francisco vor sechs Wochen verlassen. Sind Sie seitdem berühmt geworden?"

Sie schüttelte den Kopf, immer noch verwirrt. Dunning fuhr fort.

"Bis dahin wusste ich sicher, was vor sich ging. Ich las die Zeitungen. New York hatte gerade die World Series gewonnen. Franklin Roosevelt war Präsident der Vereinigten Staaten ..."

Ein erschreckter Ausruf kam von Thalma. Ihre Waffe fiel aus einer hochgerissenen Hand, als wolle sie einen Schlag abwehren.

"Roosevelt - Präsident! Das ist eine uralte Geschichte. Welches Jahr war das?"

"Welches Jahr? Dieses Jahr, natürlich 1937."

"Neunzehnhundertsiebenunddreißig! Wovon reden Sie? Wir sind im Jahre 2312 n. Chr."

II. - Kein Weg zurück

Jim Dunning war erschüttert. Dreiundzwanzig, zwölf! Sie war ver ... Nein, war sie nicht.

In ihren großen Augen lag kein Wahnsinn, nur dämmrige Einsicht - und unergründlicher Schrecken.

"Marnota!" sagte Thalma heftig. "Was hat er mir angetan?"

"Was ...". Dunning zwang sich, die Verengung seiner Kehle zu überwinden. "Wie meinen Sie das?"

"Er - Marnota - irgendwie hat er mich in die Vergangenheit befördert. Vierhundert Jahre in der Zeit zurück!"

Die Aussage dröhnte ihm in den Ohren, und, so unglaublich es war, er erkannte es als Wahrheit. Es war etwas an dem Mädchen, an dieser seltsamen Sphäre und ihrem Inhalt, an der Kleidung des Mädchens und ihres ermordeten Gefährten, das ihn gegen jede Vernunft überzeugte.

"Was soll ich tun?" Thalmas Wimmern war der erschreckte Schrei eines kleinen Kindes, allein mit der Ungewissheit und mit blinder, überwältigender Angst.

Dunning ging zwei Schritte an ihre Seite. Sein Arm legte sich schützend um ihre Schulter.

"Vertrau einfach deinem Onkel Jim! Alles wird gut werden, so sicher, wie Gott kleine Äpfel gemacht hat. Setz dich einfach hier hin und pudere dir die Nase, oder was immer man in deiner Zeit so macht. Dann kannst du mir alles darüber erzählen." Sie gingen zur Couch.

Aber sie erreichten sie nicht. Die Kugel taumelte und schleuderte sie schwindelerregend an die Wand. Sie wurden unter einem erdrückenden Gewicht von bitterem Wasser begraben. Ein Sturm erwischte sie. Der Boden wurde wieder kühler, und sie glitten in Richtung der offenen Luke, durch die die eindringende Welle herausspritzte. Berge von Wellen türmten sich hoch gegen einen schrägen, zerklüfteten Horizont. Dunnings Füße schlugen gegen die Öffnung. Als er sich dagegen stemmte, sah er die weiße Gestalt des Mädchens an sich vorbeisausen. Er schnappte nach ihr, schaffte es gerade noch, ihren Fuß zu packen und sie dem Griff der ausströmenden Welle zu entreißen.

Direkt über ihm war der Türschieber. Er schwang sich auf die Füße und schob die Platte zurück.

Das Innere der Kugel leuchtete in einem weichen Licht, das von überall und nirgendwo kam. Die eingeschlossenen Reste der Welle rauschten wie verrückt über den schaukelnden Boden. Dunning hielt sich an der Wand fest.

Irgendwo über sich hörte er die Stimme des Mädchens, schrill durch das Gebrüll des Sturms:

"Warte! Ich hole uns hier gleich raus."

Er sah auf. Thalma zog sich an der Wand entlang den starken Anstieg hinauf. Die Schräge des Bodens kehrte sich um, und sie wurde gegen den tischähnlichen Gegenstand geschleudert, an dem Ran seinen Tod gefunden hatte. Sie fing sich, schwang sich nach vorne, lehnte sich über die Platte, durch die ein Loch wie von einer Flamme geschmolzen war. Ein Arm griff nach vorne zu den Hebeln.

"Halt!", brüllte Dunning aus seiner plötzlich trockenen Kehle. "Fass das Ding nicht an!" Er stürzte sich durch den Raum, warf das Mädchen Kopf voraus vom Armaturenbrett. "Du Dummerchen! Du kleines Dummerchen!"

Sie schlug mit ihren kläglichen Fäusten auf ihn ein, als die Kugel wieder taumelte und schwindelerregend wirbelte.

"Was machst du denn da? Wir müssen aufstehen und aus diesem Sturm herauskommen! Der Stratocar wird sonst zerschmettert!"

Dunning stieß sie weg, warf sich auf den Boden, rollte sich auf den Rücken, ruckte mit Kopf und Schultern an den Platz unter dem flachen Schreibtisch, der die farbigen Hebel enthielt. Er griff nach vorne, zerrte an etwas und rutschte dann wieder heraus.

"Sieh dir das an!", knurrte er.

Er hielt Thalma einen schwarzen Zylinder entgegen. Es war das Gegenstück zu dem, mit dem sie ihn bedroht hatte, nur dass der Auslöseknopf fehlte und zwei feine Drähte an der Stelle baumelten, wo er gewesen war. Er kämpfte sich auf die Beine.

"Das", sagte er grimmig, "hat Ihrem Freund Ran das Leben gekostet."

Thalma verblasste. "Und hätte mich vernichtet, wenn ich die Hebel berührt hätte! Du hast mir das Leben gerettet. Woher wusstest du, dass es dort war?"

"Es musste so sein. Der Schuss, der ihn erledigt hat, muss durch das Loch in der Tafel gekommen sein. Das war mir gerade klar, als du mich angegriffen hast. Als ich gerade nachsah, konnte ich erkennen, dass diese Drähte dort nicht hingehören, dass sie grob miteinander verspleißt waren. Und das war genau wie bei deiner Waffe."

Einen Moment lang hatte der Sturm nachgelassen, aber jetzt packte er die Kugel wieder. Die Kugel wirbelte herum, wurde wahnsinnig herumgeworfen.

"Du sagtest etwas darüber, wie du uns hier rausholst." Dunning musste schreien, um sich Gehör zu verschaffen. "Tu es lieber jetzt, wenn du kannst, oder wir sind erledigt."

Er drückte Thalma gegen den Tisch. Sie drückte einen roten Hebel. Dunning spürte, wie der Boden gegen seine Füße stieß. Die Kugel beruhigte sich, und die Stille nach dem Tumult war erschreckend. Das Mädchen brachte den Hebel wieder in seine ursprüngliche Position zurück und drückte einen Knopf an der Ecke des Bords. Die milchig-weißen Platten auf dem Brett lichteten sich.

Dunning blickte durch scheinbar offene Fenster auf ein weites Panorama. In der unteren Scheibe wölbten sich schwarze Wolken. Berge von Wasserdampf, die aus der wogenden Masse aufstiegen, und wurden von den strahlenden Sonnenstrahlen beleuchtet. In den Hälften der langen, rechteckigen Scheibe blickte er weit über die Sturmwolken hinweg, wo ein grünes, ungetrübtes Meer auf- und abstieg. Im linken Teil des Bildes stand die Sonne selbst an einem blendenden, klaren Himmel, einem Himmel, dessen tiefes Blau sich in der oberen Scheibe wiederholte. Gegen das Weiß einer Wolke rechts sah Dunning einen runden schwarzen Fleck, der ihm mit Erschrecken als Schatten der Kugel bewusst wurde, in der er sich befand.

"Warum", rief er aus, "zeigen diese Bildschirme alles, was draußen ist - alles drum herum, oben und unten!

"Aber natürlich! Wie sonst könnte der Stratocar navigiert werden?" Thalma schien über seine Überraschung erstaunt zu sein. "Ich habe es vergessen. Das Visoskop wurde Ende des zweiundzwanzigsten Jahrhunderts erfunden. Du konntest nichts darüber wissen."

Dunning schaute das Mädchen zerknirscht an.

"Ich muss dir wie ein Kind vorkommen. Es ist schwer, sich daran zu erinnern, dass du mir vierhundert Jahre voraus bist. Verstehe ich das richtig, dass dieser 'Stratocar' eine Art Fluggerät ist, wie unsere Flugzeuge?"

"Sicherlich! Aber es ist viel effizienter. Es kann die Stratosphäre mit einer Geschwindigkeit durchqueren, die für dich unvorstellbar ist. Es nutzt die terrestrischen Kraftlinien und die gespeicherte Sonnenenergie. Die Energiespulen sind alle in der unteren Hälfte der Kugel untergebracht. Sie sind ungeheuer komplex, aber die Navigation ist sehr einfach. Sieh mal hier!"

Thalma wandte sich zur Kontrolltafel.

"Wenn du einen dieser Hebel von dir weg bewegst, reagiert der Stratocar. Hebel wieder in die ursprüngliche Position zurückstellen und die Bewegung in die angegebene Richtung stoppt. Der rote Hebel ist zum Aufsteigen, der grüne zum Absteigen gedacht. Weiß ist geradeaus."

Ihre schlanken Finger berührten jeden kleinen Hebel leicht, während sie sprach.

"Schwarz ist zu ..." Plötzlich senkte sich ihre Stimme, ihre Stirn kräuselte sich rätselhaft, als ihre Hand zu zwei farblosen Hebeln wanderte. "Die habe ich noch nie gesehen. Ich frage mich, wofür sie sind. Könnten sie für ..." Bevor Dunning sie aufhalten konnte, hatte sie einen gedrückt.

Ein Flammenschuss, purpurrot, wirbelte durch das Visoskop. Das Innere des Stratocars schien ein zeitloser, raumloser Ort zu sein, an dem es kein Oben und kein Unten gab; kein Geräusch, keine Sicht; nichts als ein riesiges, hitzefreies Blenden, durch das der Punkt, der sein Bewusstsein war, endlos fiel, endlos anstieg und endlos bewegungslos war. Er hatte keinen Körper, fast keinen Geist.

Er war ein Teilchen in der Mitte des Strudels, er war gewaltig, gigantisch wie das Universum selbst. Dann - nach Ewigkeiten oder im nächsten Augenblick - war er wieder er selbst, und der Stratocar um ihn herum, und Thalma an seiner Seite! Die beiden blickten sich benommen an. Das Mädchen taumelte, wäre gefallen, wenn er sie nicht aufgefangen hätte.

"Warum in aller Welt hast du das getan?", fragte er aufgeregt.

Sie hörte ihn nicht.

"Das", sagte sie langsam, "so habe ich mich vorher gefühlt, und dann wurde alles schwarz, und als Nächstes sah ich dich am Kontrollpult, und Ran lag tot auf dem Boden. Jetzt erinnere ich mich, dass er gerade etwas über das Eintauchen in die Höhe von tausend Fuß gesagt hatte."

"Es muss zwei falsche Verbindungen zum Abstiegsregler gegeben haben; eine zur Strahlenkanone, die andere zu einem dieser beiden Hebel. So wurdest du im selben Moment, in dem Ran getötet wurde, auf 1937 zurückgeworfen. Aber das ist weder hier noch dort. Ist dir klar, was du getan hast? Du hast uns auf die Reise geschickt, durch die Zeit. Gott allein weiß, ob wir vorwärts- oder rückwärtsgegangen sind, oder in welches Zeitalter. Wir wussten, wo, oder besser gesagt, wann wir waren, bevor du das getan hast. Vielleicht hätten wir herausgefunden, wie wir dich zurückbringen können. Aber jetzt ..." Er warf die Arme weit aus.

"Dann - dann sind wir in der Zeit verloren!" Ihre Augen wurden groß und rund, ihre Lippen zitterten. "Wir sind in der Zeit verloren!"

III. - Mord ohne weiteren Hinweis

Der Satz hallte und hallte wieder und schlug seine erschreckende Botschaft in Jim Dunnings Gehirn ein. "Verloren in der Zeit!" Die unermesslichen Weiten der Ewigkeit schienen sich vor ihm zu erstrecken, Äonen über Äonen, durch die er und das Mädchen zur Flucht verdammt waren, auf der verzweifelten Suche nach einer vertrauten Welt. Im Visoskop zeigte sich nichts als ein wolkenloser Himmel und ein riesiges grünes Meer, das ölig wogte. Waren die Kugel und ihr menschlicher Inhalt bis zum Anbeginn der Geschichte zurückgeworfen worden? Oder vorwärts in die düstere Zukunft einer sterbenden Welt?

Ein erstickter Schluchzer brach in Dunnings Gedanken ein, und eine kleine Hand griff seinen Arm.

"Was sollen wir jetzt tun?"

"Schau her, junge Dame, es gibt keinen Grund zur Sorge", beschwichtigte er die tränenreiche Thalma. "Aber wir machen doch Fortschritte. Wir wissen jetzt, wie wir in der Zeit navigieren können. Wir müssen nur noch herausfinden, in welchem Jahr wir uns befinden, und dann - zack, zack - haben wir dich im Jahr 2312 zurück."

Ein spontanes Lächeln antwortete auf seinen schwungvollen Ton.

"Daran habe ich überhaupt nicht gedacht. Es gibt zwei seltsame Hebel. Wenn der eine uns in die eine Richtung schickt, macht der andere das Gegenteil. Es muss einen Weg geben, den Mechanismus zu regulieren."

"Natürlich gibt es einen!" Es bringt nichts, sich Sorgen zu machen, aber das war ja gerade die Schwierigkeit. Wie den Zeitreisemechanismus kontrollieren, wenn man nur ein körperloses Bewusstsein ist? Als Erstes müssen wir ein Stück Land und ein paar Leute finden und uns in der Zeit lokalisieren. Weißt du, welchen dieser Hebel du ziehen musst?"

Thalma setzte sich an die Schalttafel. "Welche Richtung?"

"Nach Osten. Zuerst nach Amerika!"

Das Mädchen blickte auf ein Skalenblatt, auf dem die bekannten Kompassmarkierungen angebracht waren, und bewegte dann geschickt einen Hebel. Das Meer begann sanft, auf dem Boden der unteren Sichtscheibe zu gleiten.

Ohne die Anzeige des Visoskops hätte Dunning nicht bemerkt, dass sich der Stratocar bewegte, so erschütterungsfrei glitt er voran. Das Mädchen war immer noch blass, und ihre Hände zitterten. Er musste sie von ihrer gegenwärtigen Notlage ablenken.

"Ich wünschte, du würdest mir sagen, was das alles soll. Die Dinge haben sich hier so schnell entwickelt, dass keine Zeit für Fragen blieb. Zum Beispiel, wer ist dieser Marnota?"

"Marnota ist Amerikas größter Wissenschaftler seit dem Tod meines Vaters. Er ist mein Onkel und mein Vormund. Er und mein Vater haben gemeinsam diese Stratocars und unzählige andere Dinge erfunden, die die Zivilisation revolutioniert haben. Durch ihre Erfindungen gewannen sie ungeheure Macht. Ein Viertel der Bevölkerung der Vereinigten Staaten ist bei Adams Inc. beschäftigt. Seine Fabriken, seine Transportlinien, seine Häfen und seine Lagerhäuser bedecken den amerikanischen Kontinent. Der Wohlstand, die Existenz des kleinsten Dorfes des Landes hängt von der Firma ab."

"Warum glaubst du, dass er dir schaden will?"

"Ich weiß, dass er es tun würde. Obwohl mein Vater und Marnota Brüder waren, unterschieden sie sich in allem, außer in ihrem wissenschaftlichen Genie, stark. Mein Vater sah seine Arbeit als etwas an, das die Welt zu einem Paradies machen würde, und die Arbeitsstunden reduzieren sowie die Möglichkeiten für Luxus und Kultur für alle erhöhen würde. Er wollte alles der Regierung spenden, wollte sich einen reinen Lebensunterhalt vorbehalten. Aber alle ihre Erfindungen gehörten den Brüdern gemeinsam, und Marnota wollte dies nicht zulassen. Das Geld ist sein Gott."

"Während Vater einfach lebte und seinen großen Reichtum dem Wohlergehen des Volkes widmete, baute Marnota sich große Paläste, füllte sie mit kriecherischen Degenerierten, die seinen Lastern Vorschub leisteten. Er kam wiederholt zu meinem Vater mit der Aufforderung, die Löhne zu senken, die Arbeitszeit zu verlängern und die Preise zu erhöhen. Adams Inc. sei allmächtig, argumentierte er. Die Leute könnten murren, aber sie müssten sich unterwerfen."

Thalma hielt einen Moment inne. "Als ich gerade fünfzehn Jahre alt war, wurde ich nach einem besonders heftigen Streit, in dem mein Vater ein für alle Mal klar machte, dass er niemals den Plänen von Marnota zustimmen würde, durch eine Explosion im Labor getötet. Seltsamerweise war Marnota, der mit ihm an einem neuen Problem gearbeitet hatte, keine

fünfzehn Minuten vor dem tödlichen Unfall weggerufen worden. Das Labor wurde vollständig zerstört. Es gab keine Möglichkeit, genau zu sagen, was passiert war."

"Klingt verdächtig, wie du es sagst. Aber schließlich war Marnota der Bruder deines Vaters. Glaubst du wirklich, dass er ..."

"Ich würde jeder Schurkerei von Marnota glauben", entflammte das Mädchen. "Er ist abscheulich, ich sage dir, abscheulich!" Thalma sah irgendwie weniger reizvoll aus, da der Hass ihre klaren Gesichtszüge verdunkelte. Es gab eine lange Pause, während ihre unkonzentrierten Augen ins Leere starrten. Der Stratocar schwebte stetig nach Osten. Das Visoskop zeigte keinen Hinweis auf das Zeitalter, in dem sie sich befanden.

Das Mädchen nahm ihre Geschichte wieder auf.

"Das Testament meines Vaters war kurz nach meiner Geburt verfasst worden, bevor sich der wahre Charakter meines Onkels gezeigt hatte. Man stelle sich mein Entsetzen vor, als enthüllt wurde, dass Marnota mein Vormund und Verwalter meines Erbes sein sollte, bis ich einundzwanzig Jahre alt war! Eine Woche vor meinem einundzwanzigsten Geburtstag schenkte er mir diesen Stratocar. Ein wesentlich verbessertes Modell, sagte er. Es könne leicht von einer Person bedient werden, und er wollte, dass ich den Ersten davon als Geburtstagsgeschenk produzieren lasse."

"Ich freute mich, aber nicht aus dem Grund, wie er dachte. Mit diesem neuen Fluggerät, das mir zur Verfügung stand, konnte ich verschwinden, mich irgendwo verstecken, bis ich zu mir selbst kam. Denn ich war unruhig, verängstigt. Mein Tod würde ihm so viel bedeuten. Seine Macht über Adams Inc. würde absolut werden, wenn ich beseitigt würde. In dieser Nacht schlich ich mich zum Fluggerät hinaus und plante, allein zu fliehen. Wie gut Marnota mich durchschaut hat! Mein treuer Diener und

Freund Ran vermutete jedoch meine Absicht und fing mich ab. Er bestand darauf, mit mir zu gehen, und ich gab nach.

"Wir flogen nach Hawaii. Wir befanden uns über dem Pazifik, als ich Ran etwas über einen leichten Abstieg sagen hörte. Er bewegte den Hebel. Es gab ein plötzliches, schreckliches Aufflackern ins Nichts - ich fühlte mich von der Couch geworfen und na ja, den Rest kennst du ja."

"Diese Flamme, die ich sah, und die Welle, die die Odysseus zerstörte, müssen das sichtbare Ergebnis der Verwerfung der Raumzeit gewesen sein, als der Stratocar Jahrhunderte zurückschoss! Was für ein Teufel muss dein Onkel sein, und wie gut er geplant hat! Ein Mord ohne einen Hinweis - eine Leiche, die in einer anderen Epoche versteckt ist. Aber sieh doch, wie der Plan des Mannes durch Unfälle, die er nicht vorhersehen konnte, durcheinandergebracht wurde! Wenn du bei den Kontrollen dagewesen wärst, statt zu flüchten; wenn du über Land gewesen wärst; wenn ich nicht zufällig an diesem Punkt in all den Meilen des Pazifiks gewesen wäre; dann hätte er unangefochten die Kontrolle über das Unternehmen gehabt, und er hätte nichts zu befürchten. So wie es ist ..."

"So wie es aussieht, kann ich nicht erkennen, welchen Unterschied das alles macht." Thalmas Tonfall hörte sich flach, hoffnungslos an. "Ich könnte genauso gut tot sein, als ziellos durch die Zeit zu irren."

Wieder einmal schlug dieser Satz in Dunning ein wie eine kalte Dusche. Im Visoskop, tief am Horizont, erschien ein bläulicher Dunst. Das Bläuliche vertiefte sich, verdichtete sich. Ein dunkler Fleck tauchte am Himmel auf. Er wuchs schnell: Es war ein winziger Ball - die Sonne fing ihn ein und er glitzerte kupferfarben.

"Jim! Jim!" Die Finger des Mädchens gruben sich in seinen Arm, ihre Stimme erklang schrill, hysterisch. "Das ist ein Stratocar! Ein Stratocar! Hörst du mich? Was bedeutet das?"

"Es muss bedeuten, dass wir durch ein Wunder in deine Zeit zurückgekehrt sind."

"Oh, Gott sei Dank! Gott sei Dank, Gott!"

"Was ist das blaue Band um die Mitte dieses Fliegers und diese schwarzen Scheiben? Es gibt nichts dergleichen bei dieser Kugel."

Thalma kehrte zum Bildschirm zurück. Ein Ausruf der Bestürzung kam von ihr.

"Das ist ein Patrouillenschiff, eines von Marnotas Polizeifahrzeugen!"

Aus einem der schwarzen Flecken, die Dunnings Auge erfasst hatten, schoss ein weißer Strahl heraus. Er erwischte die Zeitreisenden. Die Szene im Visoskop löste sich in gleißendes Leuchten auf.

Thalma zerrte verzweifelt an den Hebeln. Es zeigte sich keine Reaktion.

"Sie haben uns mit dem neutralisierenden Strahl erwischt. Unsere Kraft ist weg!"

In der Kabine ertönte eine Stimme, die kühl und herausfordernd klang.

"Was ist das für ein Schiff?"

Das Mädchen stand vor einem kreisförmigen, mit einem feinen Metallgitter überzogenen Gerät, das in die Wand neben der Schalttafel eingesetzt war. "Hier ist Thalma vom Haus Adams." Ihre gleichmäßigen Töne zeigten nichts von der Angst, die aus ihren Augen starrte. "Schalten Sie Ihren Strahl aus und erlauben Sie mir, fortzufahren."

Die Stimme lachte höhnisch.

"Die Nachricht, die Marnota vom Haus Adams erhielt, um ihre Rückkehr am Vorabend ihrer Volljährigkeit anzukündigen, hat sich als Fälschung erwiesen. Meine Anweisung lautet, alle Kandidaten, sollten sie erscheinen, direkt zu Marnota zu bringen, damit sie sich dort ausweisen können. Dunning und Thalma wechselten verblüffte Blicke aus. Der Verschwörer hatte gegen das Scheitern seines Plans vorgesorgt.

"Ich verlange, vor das Bundesgericht gebracht zu werden." Thalma wurde aufsässig ... "Marnota könnte dort erscheinen und meine Identität verleugnen, wenn er es wagt."

Die Stimme fuhr fort und ignorierte die Unterbrechung.

"Sie werden mir friedlich folgen, oder ich werde gezwungen sein, Sie zu bestrahlen."

Thalma warf ihre Arme weit aus und signalisierte damit ihre Hilflosigkeit.

"Wir folgen, Helot!", rief sie laut. Zur Mahnung flüsterte sie: "Ein Blitz ihrer Strahlenkanone, und von diesem Stratocar wird nichts mehr übrig bleiben als ein bisschen Staub. Marnota würde nichts lieber sehen."

Der Bildschirm wurde frei. In der Nähe konnten sie das schwebende Polizeifluggerät sehen. Die Stimme kam wieder.

"Bleiben Sie in einem Radius von 30 Metern um uns herum. Denken Sie daran, beim kleinsten Abweichen von dieser Position schieße ich." Der Stratocar mit dem blauen Band begann sich zu bewegen, und mit zitternden Fingern drückte Thalma die Hebel nach unten, um zu folgen.

IV. - Der hinter Wandbehängen lauernde Tod

Schneller und schneller durchschnitten die beiden Kugeln die Luft, bis tief unten nur noch eine getönte Unschärfe zu sehen war. Die verschwommene Erde schien sich zu strecken wie eine große Schale mit einer weitläufigen Rundung. Dunning schaute auf die Kontrolltafel.

Immer schneller spalteten die beiden Sphären die Luft.

"Schau her, Thalma. Der Zeithebel, den du gedrückt hast, kehrte automatisch in die neutrale Position zurück. Das muss bedeuten, dass

der Zeitmechanismus so eingestellt ist, dass er genau diesen einen Sprung von etwa vierhundert Jahren macht. Das bringt mich auf eine Idee. Wir müssen nur den anderen Hebel drücken. Wir schießen zurück in meine Zeit. Ich sorge dafür, dass du dort ein Leben lang versorgt wirst." Seine Hände huschten zum Armaturenbrett.

Thalma schob sie zur Seite.

"Nein!" So leise der Ausruf auch war, so unnachgiebig klang die Entschlossenheit darin. "Nein, Jim, ich kann nicht. Ich muss in meiner eigenen Zeit bleiben. Ich muss Marnota von Angesicht zu Angesicht begegnen und ihn seiner Verbrechen beschuldigen. Das Andenken meines Vaters schreit nach Rache, und die unterdrückten Menschen heben ihre Hände zu mir in stummer Hoffnung. Irgendetwas hier", ihre weiße Hand drückte gegen ihr Herz, "sagt mir, dass er nicht triumphieren darf".

Dunnings Hand ließ die Hebel los, und er schwieg. Er konnte nicht gegen die brennende Vision in Thalmas grauen Augen, das Feuer in ihrer tiefen Stimme argumentieren.

"Aber du kannst leicht entkommen." Das Mädchen drehte sich um und zeigte auf etwas. "Dort, direkt vor der Couch, befindet sich eine Falltür zur unteren Rumpfhälfte. Verbirg dich dort unten, zwischen den Spulen, bis ich weggebracht wurde. Dann kannst du dich davonstehlen, aber schalte den Zeithebel um und gehe zurück ins zwanzigste Jahrhundert."

"Nein!", sagte Dunning zu ihr mit Nachdruck. "Ich bleibe hier - bei dir."

Jetzt wurden sie langsamer. Unten erstreckte sich eine weitläufige, weiße Stadt mit großen Türmen. Die Dächer waren als Landschaftsgärten angelegt. Luftige Brücken bildeten ein hauchdünnes Netz, das sich über kilometerlange Abgründe spannte. Dunning warf einen Blick auf den Hudson, der fast unter vielen Brücken verborgen war.

In der Mitte einer Wasserfläche erkannte Dunning die New Yorker Upper Bay, an der ein kreisförmiges Gebäude stand, schwarz, ominös. Geradewegs hinunter zu seinem flachen Dach driftete die Kugel mit dem blauen Band, und Thalma folgte. Das Dach öffnete sich, teilte sich in viele Segmente, die sich ineinanderschoben, und es zeigte sich eine runde Lücke. Der führende Stratocar tauchte darin ein.

Wachen in hellgrünen Uniformen umgaben sie, als sie aus dem Stratocar herauskamen. Zwei Söldner reihten sich zu beiden Seiten von Dunning und dem Mädchen auf und ergriffen ihre Arme an den Ellenbogen. Doch gerade, als sie nach vorne gingen, ertönte eine Stimme.

"Sergeant Farston!"

Der Anführer wirbelte herum und salutierte vor der Kommunikationsscheibe. "Hier, Sir", brüllte er.

Aus der Reihe des halben Dutzends Privatpolizisten, die sich um ihn herum drängten, hörte Dunning ein keuchendes "Marnota, er selbst!"

"Sie werden die Gefangenen zu mir bringen, sofort!"

"Ja, Sir."

"Mensch, der Chief hat in der letzten Woche fast alles mitgehört!", sagte jemand leise.

Augenblicklich marschierten sie zu Marnota durch einen kreisförmigen Korridor, dessen Marmorwände feine Goldadern zeigten. Dann wurde die Gruppe von einem Wächter vor einer mit einem goldenen Tuch verhängten Tür aufgehalten.

"Halt! Wer ist da?"

"Sergeant Farston und Gefangene."

"Sie gehen sofort mit den Gefangenen hinein, Sergeant. Der Befehl lautet, den Rest Ihrer Männer abzuziehen." Die Wache zog den Vorhang zur Seite. Dahinter schwang ein Bronzeportal auf.

Dunning hatte den Eindruck, dass der Raum, den sie betraten, mit Gobelins bespannt und der Fußboden dick mit glänzenden Teppichen bedeckt war. Doch ein Tableau am anderen Ende des Raumes, fünfzig Fuß entfernt, erregte seine Aufmerksamkeit und hielt ihn fest, als der Sergeant ihn direkt an der sich schließenden Tür anhielt.

In dem großen geschnitzten Stuhl aus Ebenholz, der auf einem goldenen Podest stand, saß ein kleiner dünner Mann, dessen schwarze Augen aus einem scharfkantigen, falkenähnlichen Gesicht hervorschauten. Die dünnen Lippen vorzogen sich zu einem grausamen, sardonischen Lächeln.

Marnotas stoppelige Hände ruhten auf den Armlehnen des thronähnlichen Stuhls, und es schien Dunning, dass die kurzen Finger sich krümmten und entfalteten wie die Krallen einer Katze, die mit einem hilflosen Opfer spielte.

Thalma näherte sich ihm furchtlos, ihre schlanke Gestalt gerade und trotzig. Der Arm des Mädchens war ausgestreckt, ihre Hand zeigte auf den thronenden Mann.

"Vergiss nicht, Marnota", erklang ihr klarer Akzent, "am Ende wirst du scheitern, und der Preis dafür wird schrecklich sein."

Thalmas Arm fiel auf die Seite. Sie schwankte ein wenig und richtete sich dann wieder stolz auf. Ein raschelndes Geräusch riss Dunnings Augen von ihr weg. Er machte sich bereit. Hinter den reichhaltigen Wandteppichen, links vom Eingang, versteckte sich jemand, einer von Marnotas Heloten in grüner Uniform. Er sah einen schwarzen Todeszylinder unheilvoll im Anschlag.

Marnotas sadistisches Lächeln vertiefte sich. Seine seidenen Töne wirkten belustigend.

"Wunderbar!", verkündete er. "Sie sind eine wunderbare Schauspielerin. Kein Wunder, dass Sie mit Ihrem absurden Anspruch, meine Nichte zu sein, ausgewählt wurden, hierher zu kommen. Leider war der Fälscher, der den Brief, der ihnen vorausging, nicht so geschickt wie der Chirurg, der Ihre Gesichtszüge umgestaltet hat."

Er wandte sich an Dunning und seine Wache.

"Ah, Sergeant, Sie kamen etwas schneller, als ich erwartet hatte. Aber ich werde bald fertig sein, sehr bald. Sie können Ihren Gefangenen hier lassen und gehen."

Der Sergeant salutierte, drehte sich scharf um und war weg.

"Ich bin gleich fertig, junger Mann. Gehen Sie einfach zur Seite."

Marnota wandte sich wieder an Thalma. "Ja", schnurrte er. "Sie sind eine wunderbare Schauspielerin. Schade, dass Sie sich zu diesem Betrug hinreißen ließen. Aber Sie werden das Gericht nicht täuschen können. Sie dürfen gehen."

Thalma drehte sich zur Tür. Und plötzlich verstand Dunning Marnotas erstaunliche Show der Milde. Der lauernde Söldner war postiert, um das Mädchen im Vorbeigehen zu erschießen. Wenn es eine Untersuchung gäbe, wäre die Erklärung einfach. Bei ihrem Betrugsversuch hatte sie versucht zu fliehen, sie war von einem übereifrigen Wächter verraten worden. Der Todeszylinder würde seine Arbeit gut machen, es gäbe keine Chance für eine lästige Identifizierung. Er war der einzige Zeuge. Er würde nicht mehr leben, um auszusagen.

Thalma schritt langsam über den Boden, direkt auf den wartenden Mörder zu. Dunning wirbelte herum. Seine großen Hände spreizten sich weit aus und fingen die Teppiche beiderseits der dahinter stehenden Gestalt auf. Er stürzte sich nach vorne und riss den Stoff aus den Befestigungen. Er kippte um, fiel schwer, mit dem sich schlängelnden, windenden Bündel in seinen Armen. Ein zerreißender Flammenpfeil versengte seine Schulter. Er fand einen runden Kopf unter dem Tuch und schlug darauf ein. Die eingewickelte, verschlungene Figur sackte unter ihm zusammen.

Dunning sprang auf die Füße - erblickte Marnota, der auf dem goldenen Podest stand, blaue Pfeile knisterten aus seiner Strahlenwaffe - Thalma stand direkt vor der offenen Tür und zappelte in den Armen der äußeren Wache.

Dunning war ein Mahlstrom von Blitzaktionen, wobei die Schnelligkeit seiner Bewegungen Marnotas Dartschüsse zunichtemachte. Er sprang durch die Lücke und drängte beim Gehen gegen die Tür. Das Dröhnen des Schließens übertönte den Schlag seiner Faust, als sie in das knurrende Gesicht der Wache klatschte. Der Leibwächter riss sich von Thalma los. Seine Hand schloss sich um die Strahlenwaffe und riss sie vom Gürtel. Bevor er sie benutzen konnte, explodierten erneut harte Knöchel an seinem vorstehenden Kiefer, und er stürzte zu Boden.

Eine Sirene heulte, um den Alarm auszulösen. Dunning drehte sich nach Thalma um. Sie schnappte sich die Waffe des Wachmanns, die beim Fallen zu ihr gefallen war. Der blaue Strahl schoss heraus und spritzte gegen den Rahmen des Bronzeportals. Das Metall glühte rot und verschmolz dort, wo die Hitzeschwingungen auftraten.

"Das Schloss", keuchte das Mädchen. "Das wird ihn für eine Weile festhalten."

Das Heulen der Sirene erhob sich in neuer Wut. Von der Kurve des Korridors kamen Rufe und der Donner vieler eilender Füße.

"Sie kommen!", rief Dunning. "Wir müssen hier weg!" Er wirbelte nach rechts, zögerte, als auch von dieser Seite ein entgegenkommender Strom zu hören war, der immer noch durch den Bogen der kreisförmigen Flurpassage verdeckt war. Abgesehen von dem versiegelten Eingang zu Marnotas Audienzsaal waren die Wände aus schwarzem Marmor ohne Zwischenräume. Er stöhnte: "Fertig!" "Wir sitzen in der Falle!"

"Noch nicht", entgegnete Thalma, ihr Gesicht war weiß, aber ihre Augen hell und furchtlos. Sie stand an der Wand gegenüber der Bronzetür. Ihre Hand streckte sich danach aus, ihre Finger drückten auf die Mitte eines scheinbar nutzlosen Wirbels in dem goldenen Maßwerk. Ein schmales Rechteck aus Stein schoss in den Boden und enthüllte eine dunkle Vertiefung. "Schnell! Hier hinein!"

Dunning folgte ihr auf den Fersen, als sie durch die Öffnung huschte. Eine Geste des Mädchens, die in der Dunkelheit nicht zu erkennen war, ließ die geheime Platte wieder an ihren Platz zurückkehren.

Er hockte sich hin und lauschte. Waren sie schnell genug gewesen? Hatte sich der Schirm rechtzeitig geschlossen, um ihren Rückzug vor den Männern Marnotas zu verbergen? Oder würde das Knacken des erhitzten Marmors anzeigen, dass die Strahlenkanonen am Werk waren und die Flüchtlinge aufspüren?

Gedämpfte Geräusche, die jammernde Sirene, gutturale Rufe und eine autoritative Stimme mit scharfem Befehl drangen durch die Wand. Hinter ihm blies Thalmas schwerer Atem und der Schlag seines eigenen Pulses hämmerte in seinen Ohren. Die Luft war muffig, abgestanden. Staub, lange ungestört, würgte ihn. Heftig brennende Qualen kamen von seiner Schulter und ließen Schmerzwellen durch ihn hindurchschießen.

Eine Hand zerrte an Dunning.

"Komm!" Thalmas Stimme war ein fast unhörbares Flüstern. "Wir müssen hier weg, bevor Marnota sich befreit und seine dummen Handlanger bei ihrer Suche anleitet."

Der endlose Gang schlängelte sich nach unten, so eng, dass Dunnings Arme die Wände zu beiden Seiten streiften. In der teerfassartigen Dunkelheit waren sogar Thalmas weiße Gewänder unsichtbar. Dunning klammerte sich an ihre eisige, zitternde Hand und ließ sich von ihr nach unten und in die Tiefe führen.

"Das ist der Weg, den ich gegangen wäre, als ich dachte, ich müsste aus Marnota fliehen, so wie es geplant war, glaube ich. Jarcka, Rans Vater, war nach dem Tod meines eigenen Vaters für den Bau dieses Gebäudes verantwortlich. Er muss vorausgesehen haben, dass ich eines Tages ein Versteck brauchen würde. Durch eine winzige Einstellung der Baumaschinen konstruierte er diesen Geheimgang, mit Ausgängen zu meinem eigenen Quartier, in dem Korridor, aus dem wir gerade kamen, und zu der Mauer des Stratocar-Hangars. Er führt auch zu einem geheimen Tunnel unterhalb der Bucht, bis in die Stadt."

"Geheim! Aber Tausende von Männern ..."

Thalma antwortete schnell. "Nur Jarcka selbst weiß davon. Er benutzte Thorgersens mechanischen Maulwurf, wandelte Erde und Gestein in Energie um und wandelte einen Teil davon in eine Auskleidung für die Bohrung um, die härter und steifer als Stahl war. Ich-Oh-h!"

Sie brach in einem Schreckensgeheul ab. Der Tunnel war plötzlich in eine Lumineszenz getaucht. Die Wände glühten in einem kalten, unerträglich bedrohlichen Licht.

"Was ist das?" Dunning keuchte und stürzte in neuer Anstrengung hinter dem Mädchen her. "Was ..."

"Die Suchstrahlen. Das Kappa-Licht, das alle anorganische Materie durchdringt. Schnell!"

Weit hinten krachte zersplitterter Marmor, und der enge Raum hallte von dem furchterregenden Knurren der menschlichen Jagdhunde wider. Der Durchgang fiel stetig ab, krümmte sich schwindelerregend, nivellierte sich. Er drehte sich scharf - und endete an einer rostroten Wand!

"Hölle!" Dunning keuchte. "Wir sind abgeschnitten." Das Geschrei der nachfolgenden Hetzjäger kam erschreckend näher. "Wir sind verloren."

"Nein", rief Thalma und sprang zu einer Stellung vor der scheinbar unüberwindbaren Barriere. "Wir sind gerettet." Sie drückte Dunning die erbeutete Strahlenkanone in die Hand, gestikulierte seltsam mit erhobenen Armen, als ob sie einen fremden Gott anrufen wollte. "Das ist das Tunnelportal. Achtzehn Zoll Beryllo-Stahl. Wenn wir es hinter uns haben, wird es den Strahlen stundenlang trotzen."

Dunning drehte sich, kauerte, seine brennenden Augen auf die Ecke gerichtet, die den Blick auf den Durchgang, durch den sie gekommen waren, versperrte. Stampfende Schritte, schrille Schreie der Verfolger, machten einen beängstigenden Krach und hinter ihm tönte Thalmas Stimme weiter.

"Sein Schloss wird durch Strahlen unsichtbaren, infraroten Lichts bedient. Nur Jarcka und ich kennen die Kombination." Thalma erklärte ihre fantastischen Aktionen. Sie blockierte mit ihren fuchtelnden Armen nacheinander die Strahlen der Wachleute. Als sie fertig war ...

Eine grüne Uniform raste um die Ecke, die Dunning beobachtete, und stürzte kopfüber beim Aufprall des Lichtstrahls zu Boden. Ein anderer, und ein weiterer, der zu schnell kam, um sich selbst zu retten, erlitt das gleiche Schicksal. Die Enge des Durchgangs zwang die Verfolger in eine Reihe. Die Leichen von Dunnings Opfern versperrten den Weg. Seine Position war unangreifbar - solange die Ladung seiner Waffe reichte!

Hinter ihm hörte er einen kleinen Triumphausruf und das Quietschen von schwerfälligem Metall auf Metall. Das sagte ihm, dass sich die Tür bewegte. Seine Opfer stapelten sich quer über den Korridor, ein brusthoher Hügel aus verzerrten Leichen, der die Hetzjäger minutenlang zurückhalten würde.

"Jim!" In Thalmas Stimme lag plötzlich Schrecken. "Jim! Das Portal klemmt. Es lässt sich nicht öffnen!"

V. - Die Bombe

Der Ton von Dunning war ruhig. "Versuch es noch einmal. Es muss sich öffnen."

"Es hat keinen Zweck. Das elektrische Auge reagierte auf meine Gesten, und die Tür begann sich zu bewegen, aber irgendetwas ist in ihrem Getriebe und blockiert sie. Ich kann nichts tun."

"Sie werden erkennen, dass wir in der Klemme sind", sagte er grimmig. "Hey ..."

Ein eiförmiges Objekt, schwarz, faustgroß, rollte über die verschlungenen Körper und schlug gegen die Wand. Stampfende Schritte erklangen.

Das Grauen erfasste Dunning.

"Runter, Thalma!" Das Ding war eine Bombe, eine Sprenggranate. Er sprang auf sie zu, schnappte sie, schleuderte sie über die Leichen, weit in den Tunnel zurück.

Eine gewaltige Detonation krachte. Das Bewusstsein verließ ihn für einen Augenblick, dann flog er rückwärts. Jeder Knochen in seinem Körper schmerzte, sein Kopf wirbelte, aber er war am Leben. Das von den Suchstrahlen des Kappa-Lichts erzeugte Glühen war verschwunden, und undurchdringliche Dunkelheit trübte die Sicht. "Thalma", rief Dunning, "Thalma!"

"Hier, Jim", antwortete ihm eine schwache Stimme. "Geht es dir gut?"

"Fein wie Seide. Und du, Mädchen?" Dunning zog sich auf die Beine und tastete in Richtung der Stimme.

"Ich bin etwas benommen. Aber es sind keine Knochen gebrochen. Werden wir hier jemals rauskommen?" Plötzliche Freude ersetzte den Zweifel in ihrem Akzent. "Jim! Ich kann den Pfosten fühlen, wo die Tür war. Die Tür ist offen, Jim! Die Explosion muss sie aufgesprengt haben. Wir können jetzt weitergehen. Wir sind in Sicherheit!"

"Großartig!", erklärte Dunning: "Großartig! Und Marnota denkt, wir sind tot! Sonst würde er immer noch die Suchstrahlen benutzen."

"Das ist richtig. Er ist sich sicher, dass wir endlich aus dem Weg geräumt sind. Es erwartet ihn eine Überraschung. Ich frage mich, ob ich die Sperre wieder schließen kann." Dunning hörte, wie sich Thalma in der Dunkelheit bewegte. "Nein. Der Schock muss die fotoelektrische Steuerung beschädigt haben. Wir müssen darauf vertrauen, dass die Trümmer sie zurückhalten. Komm mit. Ich werde mich erst sicher fühlen, wenn wir hier raus sind."

Der Boden stieg plötzlich an. Thalmas Finger an Dunnings Arm erzeugten ein leichtes Prickeln in ihm.

"Das Ende des Tunnels, Jim!"

Er spürte, dass sie vor einer unsichtbaren Barriere stand und wieder die seltsamen Drehbewegungen durchlief, die die Schleusen in dieser fantastischen Welt der Zukunft öffneten. Plötzlich erschien eine vertikale Leuchtlinie vor ihm. Sie wurde schnell breiter und füllte das Tunnelende aus. Das Licht blendete Dunnings Augen, die so lange an die Dunkelheit gewohnt waren.

Und dann erschienen vage Konturen um ihn herum, viele Hände packten ihn. Thalma schrie. Dunning grunzte und zuckte. Er konnte die Griffe, die ihn festhielten, nicht lösen. Er war hilflos! Gefangen! Nach allem, was sie

durchgemacht hatten, wurden sie erwischt! Marnota hatte sie überlistet. Er muss den Tunnel die ganze Zeit gekannt haben.

"Salom!" Es war Thalmas Stimme, seltsam fröhlich. "Jarcka! Lass ihn gehen. Er ist mein Freund. Er ist mein Freund. Er hat mich gerettet."

Die Hände fielen herunter. Ein Kreis von Männern, fest gekleidet in wallende, pastellfarbene Mäntel, die das Mädchen und ihn selbst einhüllten.

Jeder von ihnen war mit einer Strahlenkanone bewaffnet, und das Gesicht eines jeden von ihnen leuchtete in seltsamer Verzückung.

"Salom!" Thalma sprach zu einem von ihnen, groß, grauhaarig und mit feierlicher Haltung, dem offensichtlichen Führer. "Woher wussten Sie, dass Sie mir entgegenkommen sollten? Woher wussten Sie, dass ich hier sein würde?"

"Das wussten wir nicht", antwortete der Mann. "Wir dachten, Sie wären verloren. Wir waren entschlossen, dass Marnota nicht bis morgen leben sollte, um Ihre Besitztümer zu beanspruchen. Wir gingen durch den Tunnel, um sein Versteck zu plündern. Um ihn zu überraschen und zu töten."

"Thalma." Ein anderer sprach, sein strenges Gesicht war voller Angst und Trauer. "Marnota meldete, dass Sie bei einer Explosion Ihres Stratocars ums Leben kamen. Auch Ran ist verschwunden. Wissen Sie etwas über ihn?"

Thalma wandte sich an ihn, und in ihren Augen war Mitgefühl, Mitleid, zu sehen.

"Ran ist tot, Jarcka. Er gab sein Leben für mich, als Marnota versuchte, mich zu ermorden."

Jarcka taumelte, als hätte ihn ein körperlicher Schlag getroffen, und war dann wieder gerade und standhaft wie zuvor.

"Es ist höchste Zeit, Marnotas Verbrechen ein Ende zu bereiten. Lass uns fortfahren, Salom."

Ein Seufzer durchdrang die Gruppe. Sie begaben sich zum Tunneleingang. Thalma versperrte ihnen den Weg.

"Halt! Ihr könnt nicht durchgehen. Der Tunnel ist blockiert."

"Aber Sie sind durchgekommen."

Thalma erzählte ihnen, was passiert war. Als sie fertig war, herrschte für einen Moment Stille. Dann machte Salom eine hilflose Geste.

"Es war unsere letzte, verzweifelte Hoffnung. Jetzt ist Amerika wirklich verloren. Morgen früh wird Marnota vor Gericht erscheinen, um den sofortigen Besitzanspruch auf Ihre Hälfte der Unternehmen zu fordern. Nach dem Gesetz muss sie ihm gegeben werden und - " Seine Gebärde trat an die Stelle der Worte.

"Morgen! Wo, Salom?"

"Vor dem Bundesgericht, vor Richter Layton. Layton ist auf unserer Seite, aber er ist an das Gesetz gebunden. Er muss ..."

"Sie haben vergessen, dass ich lebe. Das Gesetz ist jetzt auf unserer Seite."

"Marnota wird sich dem Gesetz widersetzen. Er wird sich jetzt nicht zurückziehen. Er hat die Macht - und er wird sie nutzen."

"Nein!" Thalmas klare Stimme ertönte, und sie war eine lebendige Flamme in dieser düsteren Umgebung, ihr Gesicht leuchtete in einem irgendwie blendenden Licht. "Er hat die Macht. Aber wir haben das Recht auf unserer Seite. Salom. Jarcka. Bringt mich in ein sicheres Versteck. Wir haben die ganze Nacht Zeit zum Nachdenken. Um zu planen. Wir werden einen Weg finden, ihn zu besiegen."

"Unmöglich", murmelte jemand. "Er ist zu mächtig."

"Oyez, oyez, oyez. Das Gericht ist eröffnet!" In zehn Jahrhunderten hatte sich die alte Formel nicht geändert. An der Wand über der langen, kunstvoll geschnitzten Bank war noch immer die antike Darstellung der Göttin mit verbundenen Augen und ihrer ausgewogenen Waage zu sehen. Der Richter trug in seinem Hochlehnsessel noch immer die alten schwarzen Gewänder. Richter Layton war ein kleiner, schlanker Mann, der sich ein wenig unter dem Gewicht seiner Jahre und seines Wissens bückte. Sein Kiefer grimmig vorgeschoben, als er die Szene unter sich betrachtete.

Die Reihen von Stühlen, die den Gerichtssaal füllten, waren alle mit hart gesottenen Männern besetzt, die das Grün von Marnotas Kohorten trugen. Jeder hielt, schussbereit in der Hand, den schwarzen Zylinder einer Strahlenkanone, und die Augen eines jeden richteten sich unbeweglich auf das Antlitz ihres Herrn.

Marnota saß am Ratstisch, seine Haltung entsprach der eines Monarchen, der sich herabließ, vor seinen Untertanen zu erscheinen. Eine Aura der Macht, der Dominanz, umgab ihn, und in der tiefen Schwärze seiner Augen leuchtete der Glanz des Triumphes. Die schwabbeligen, wulstigen Konturen auf dem Sitz neben ihm, grob und sinnlich, gehörten Rants, dem Chef der Rechtsabteilung der Adams Company.

Am anderen Ende des langen Tisches saß Salom, sein Gesicht eine unerschütterliche Maske. Mit Ausnahme des Gerichtsschreibers an seinem Schreibtisch und eines einzigen begleitenden Polizisten, der einen lächerlichen Kontrast zu Marnotas bewaffneter Zurschaustellung bildete, war er allein. Er schien der Leiter einer vergeblichen Hoffnung zu sein, der zum letzten von unzähligen Malen die Disposition des Gegners und seine wenigen Vorbereitungen für die Auseinandersetzung kontrollierte.

Er blickte auf das riesige, bronzene Eingangsportal, auf die kleine Tür hinter der Bank, die zu Laytons Gemächern führte. Und schließlich auf zwei abgeschirmte Öffnungen in der Decke, Öffnungen, die Dunning, wenn er anwesend gewesen wäre, als Teil des Sprachkommunikationssystems des vierundzwanzigsten Jahrhunderts, identifiziert haben könnte.

"Die Frage der Regelung des Nachlasses von Thantala des Hauses Adams." Die Stimme von Richter Layton erklang dünn und zitterte. "Irgendwelche Anträge?" Ranta erhob sich mit einer Scheinverbeugung.

"Euer Ehren." Seine sanften Akzente füllten den großen Saal. "Ich vertrete Marnota aus dem Hause Adams, den Bruder des Verstorbenen und einzigen überlebenden Angehörigen. Wir beantragen, dass der Titel für alle Besitztümer des Nachlasses auf ihn übergeht."

Salom erhob sich.

"Euer Ehren, ich erhebe Einspruch gegen diesen Antrag."

"Wen vertreten Sie?"

"Ich vertrete Thalma, die Tochter des Verstorbenen."

Ein kleines Rascheln ging durch den großen Saal.

"Ich erhebe Einspruch", donnerte Ranta. "Thalma aus dem Hause Adams ist tot." "Kein Anwalt kann einen Toten vertreten?"

Saloms Stimme blieb ruhig und leise. "Ich behaupte, Euer Ehren, dass der Tod meines Mandanten vor Gericht nicht bewiesen ist. Man muss deshalb davon ausgehen, dass sie noch am Leben ist. Ich beantrage, dass die im Testament des Erblassers vorgesehene Vormundschaft von Marnota des Hauses Adams über den Besitz und die Vermögenswerte meiner Mandantin beendet wird und dass das Ei-

gentumsrecht an dem Nachlass meiner Mandantin übertragen wird."

Ranta konterte schnell.

"Wir haben eidesstattliche Erklärungen von mehreren Personen vorgelegt, die definitiv erklären, dass ein Stratocar, in dem Thalma aus dem Hause Adams nachweislich fuhr, von diesen Personen gesehen wurde, wie er in der Luft über dem Pazifik explodierte. Wir haben die Zeugen im Gericht und sind bereit, sie vorzuführen".

Richter Layton wandte sich erneut an Salom.

"Das scheint die Sache zu klären, Herr Anwalt. Verlangen Sie, dass diese Zeugen in den Zeugenstand gerufen werden?"

"Das wird nicht nötig sein, Euer Ehren. Ich kann die Existenz meiner Mandantin zur Zufriedenheit des Gerichts beweisen."

"Ich fordere Sie dazu auf", brüllte Ranta. "Sie können nicht beweisen, was nicht wahr ist!"

Saloms Stimme erhob sich niemals.

"Ich kann beweisen, dass Thalma aus dem Hause Adams lebt."

Der Anwalt drehte sich um und zeigte auf die massiven Eingangstüren. Als ob seine Geste ein Signal wäre, begannen sie sich langsam zu öffnen. Eine Ewigkeit schien zu vergehen, bis sich der Raum zwischen den riesigen Bronzeflügeln verbreitete. Saloms ruhige Worte stießen in eine tödliche Stille.

"Euer Ehren, Thalma des Hauses Adams."

Eine schlanke Gestalt stand in der Türöffnung. Die Blässe von Thalmas Gesicht passte zu ihrem weißen Gewand. Nur ihre Augen waren lebendig, dunkelgrau, als sie Marnotas Blick suchten und festhielten.

Der Schlag des Richterhammers unterbrach ein aufsteigendes Gemurmel.

"Der Antrag Marnotas aus dem Hause Adams wird abgelehnt. Ich gebe ..."

"Halt!" Der Schrei von Marnota kürzte den Satz ab. Er schnellte auf seine Beine hoch. Wie auf einen unausgesprochenen Befehl hin hatte sich auch sein Gefolge erhoben. "Ich habe genug von dieser Farce. Was Sie gewähren oder verweigern, geht mich nichts an."

"Wie meinen Sie das?"

"Sie und Ihr Gesetz haben keine Macht über mich. Meine Männer haben das Weiße Haus umzingelt, haben jede Kaserne, jedes Polizeipräsidium in der Nation besetzt." Er hob seinen rechten Arm hoch über den Kopf: "Wenn mein Arm fällt, wird das Startsignal gegeben, und die Regierung, deren Gesetz Sie vertreten, ist am Ende. Von jetzt an bin ich das Gesetz!"

"Marnota!" Thalmas Stimme erklang scharf von der Tür aus. "Marnota! Dieses Signal wirst du niemals geben!"

Die Bronzetüren klapperten und schlossen sie aus. Im Gerichtssaal explodierte das Geschehen. Salom sprang mit einer für seine Jahre ungewöhnlichen Gewandtheit über die Absperrung und rannte zu der kleinen Tür hinter dem Richterstuhl, durch die Layton, der Gerichtsschreiber und der einzige Gerichtsdiener bereits gestürzt waren. Ein dröhnendes Geräusch erfüllte die Halle.

Zuerst war es wie das Grollen einer bevorstehenden großen Katastrophe, doch dann steigerte es sich immer mehr. In Sekundenschnelle war es ein schriller Ton, der die Nerven des gefangenen Marnota und seiner Häscher zermürbte und ihre zitternden Gehirne mit stechenden Schmerzen überzog. Dann gab es keinen hörbaren Ton mehr. Aber Marnota, der dünne Qualen durch seinen Körper peitschend spürte, wusste, dass die Vibrationen immer noch anhielten, hoch über der oberen Grenze des menschlichen Gehörs.

An der großen Bronzetür, an dem kleineren Ausgang, durch den Salom geflohen war, arbeiteten verzweifelte Menschen mit ihren Strahlenkanonen, um ihre Flucht zu ermöglichen. Einige, der Vernunft beraubt durch die durchdringende Folter des ungehörten Geräusches, krallten sich wahnsinnig an das unnachgiebige Metall. Ein Inferno von seltsam dumpfen Schreien brach aus.

Als die unzähligen Zellen der gefolterten Körper unter dem Unerträglichen in Auflösung übergingen und durch die Vibrationen zerrissen wurden, die unaufhörlich von dem Kommunikationssystem in der Decke ausgingen, fielen Strahlenkanonen aus gelähmten Händen, die Beine verkrampften sich. Der Gerichtssaal wurde zu einem gewaltigen Trümmerhaufen sich windender, sterbender Menschentrauben.

Das unsichtbare, unhörbare Vibrieren der Rache hielt an. Marnota hielt sich immer noch aufrecht durch die Kraft des gewaltigen, verzerrten Willens, der ihm zum Verhängnis geworden war; sein Gesicht war durch die zerplatzenden Kapillaren seiner Haut entstellt und seine Augen, dunkle Pfützen der Qual; durch einen verschwommenen Dunst schimmerte die wogende, sterbende Masse, die die Blüte seiner Armee gewesen war. Er bemühte sich zu sprechen, aber die Stimmbänder seiner Kehle lehnten seinen Befehl ab. Langsam, mit einem Trotz, der immer noch von seiner schmerzerfüllten Gestalt ausgeht, glitt er zu Boden. Der Arm, der das Signal für das Aufblitzen geben sollte, streckte sich aus und zitterte - es gab nicht die geringste Reaktion irgendeiner Form in diesem überfüllten Saal.

Thalmas Augen jubelten nicht, auch nicht die von Dunning, als sie in der Tür des Gerichtssaals standen, der zum Friedhof geworden war. Nach einer Weile wandten sie sich schweigend ab.

"Was genau ist passiert, Thalma? Ich weiß, dass du mit deinen geheimen Anhängern vereinbart hast, eine Art Maschinerie mit dem Kommunikationssystem zu verbinden, das in den Gerichtssaal führt und sich auf dein Zeichen hin einschaltet. Aber ich verstehe nicht, wie das geschehen konnte."

Die Stimme des Mädchens war sehr, sehr müde.

"Im Zwanzigsten Jahrhundert wurde entdeckt, dass Bakterien in der Milch mit Hilfe von Schallwellen oberhalb der obersten Hörgrenze abgetötet werden konnten. Dieser Prozess wurde auf andere Lebensmittel ausgeweitet, aber als man versuchte, Krankheiten mit dieser Methode zu heilen, stellte man fest, dass die pathogenen Bakterien durch die Vibrationen zwar abgetötet wurden, aber auch der Patient getötet oder verletzt wurde.

"Was wir taten, war einfach, die Schallsterilisationsmaschine der zentralen Milchfabrik mit dem Kommunikationssystem des Gerichtssaals zu verbinden und die enorm verstärkten Vibrationen in den Gerichtssaal zu übertragen."

Jim Dunning war wieder für eine lange Minute still.

"Du bist jetzt in Sicherheit, Thalma, und die ganze große Macht der Adams Company gehört dir", sagte er schließlich. "Du kannst alle Pläne deines Vaters ungehindert durchführen und dieses Land zu einem Paradies machen."

Die Stimme des Mädchens wurde ganz sanft.

"Ohne dich hätte das nicht passieren können, ich wäre trotzdem verloren gewesen." Wieder Schweigen, und endlich sprach sie. "Es ist eine große Verantwortung, Jim. Wirst du mir helfen?"

In den grauen Augen, in die Dunning schaute, las er etwas, was ihn begeisterte. Er wusste, dass die Welt ihnen gehören würde - für immer.

ENDE

BUCHTIPPS

Naturwissenschaft, Physik und Astronomie

– **Äquivalenz von Information und Energie.** Von: K.-D. Sedlacek

– **Das Gesetz im Zufall:** Wie sich verborgene Gesetzlichkeit manifestiert. Von: Moritz Cantor u. K.-D. Sedlacek (Hrsg.)

– **Die Transzendenz der Realität :** Spuren einer allumfassenden transzendenten Realität jenseits von Raum und Zeit. Von: K.-D. Sedlacek

– **Einsteins Relativitätstheorie ganz ohne Mathematik.** Spezielle und allgemeine Relativitätstheorie. Von: Prof. Dr. Paul Kirchberger u. K.-D. Sedlacek (Hrsg.)

– **Freizeitvergnügen Sternenhimmel mit bloßem Auge:** Wie man Sternbilder auffindet ohne Instrumente. Von: Prof. Dr. Paul Kirchberger u. K.-D. Sedlacek (Hrsg.)

– **Phänomen Naturgesetze:** Das Geheimnis hinter den Erscheinungen der Welt. Von: K.-D. Sedlacek

– **Supervereinigung:** Wie aus nichts alles entsteht. Von: K.-D. Sedlacek

– **Die Natur psycho-physikalischer Phänomene.** Erforschung telekinetischer Vorgänge. Von: Schrenck-Notzing, A. u. Klaus D Sedlacek (Hrsg.)

– **Giganten der Physik.** Die Top10-Physiker der Menschheitsgeschichte. Von: Klaus-Dieter Sedlacek (Hrsg.)

– **Der allmächtige Informatiker:** Das Mysterium des Universums. Von Sir James Jeans u. K.-D. Sedlacek (Hrsg.)

– **Der verborgene Mechanismus des Weltgeschehens:** Neue Erkenntnisse über die Gestalten biotechnischer Systeme der Welt. Von: Dr. h. c. Raoul Francé u. K.-D. Sedlacek

– **Der erdgeschichtliche Klimawandel:** Den wahren Ursachen von Klimaschwankungen auf der Spur. Von Wilhelm Bölsche u. K.-D. Sedlacek (Hrsg.)

– **Wege zur physikalischen Erkenntnis.** Meine wissenschaftlichen Selbstbiographie, Reden und Vorträge. Von **Max Planck** u. K.-D. Sedlacek (Hrsg.)

– **Leonardo da Vinci:** Seine naturwissenschaftlichen Studien und genialen Erfindungen. Von Hermann Grothe u. K.-D. Sedlacek (Hrsg.).

– **The philosophy of physical science.** By Sir Arthur Eddington.

– **The nature of the physical world.** By Sir Arthur Eddington.

– **Leben in der Warmzeit der Erde.** Aus den Urtagen vor dem heutigen Klimawandel. Von Wilhelm Bölsche und K.-D. Sedlacek (Hrsg.

– **Treibhauseffekt und Klimawandel:** Energiewende, ja bitte, aber nicht wegen CO2. Von Klaus-Dieter Sedlacek (Hrsg.)

– **Über die Gewissheit von Vorhersagen:** Wahrscheinlichkeiten bestimmen ohne Formelballast. Von Klaus-Dieter Sedlacek (Hrsg.)

Chemie

– **Der Stein der Weisen:** Wie die Alchemie zur Chemie wurde. Von: Wilhelm Ostwald et. al. u. K.-D. Sedlacek (Hrsg.)

– **Durchblick Chemie:** Praktische Grundlagen und Einführung in die anorganische, organische und Biochemie. Von: Prof. Dr. Lassar-Cohn, Prof. Dr. W. Löb, K.-D. Sedlacek

Natur- und Philosophie

– **Die letzten Ursachen.** Das Buch der Naturerkenntnis. Von: K.-D. Sedlacek

– **Gebundener Wille:** Wie frei ist menschlicher Wille tatsächlich? Von: K.-D. Sedlacek, G.F. Lipps et. al.

– **Jenseits der Erscheinungen:** Erkennbarkeit und Realität der Quantennatur. Von: Prof. Dr. M. Schlick u. K.-D. Sedlacek (Hrsg.)

– **Kleines Wörterbuch der Natur-Philosophie:** 1200 Begriffe, die man kennen sollte, kurz und prägnant. Von: K.-D. Sedlacek

– **Naturphilosophie:** Das Wesen von Naturgesetzen und die Erklärung des Lebens. Von: Prof. Dr. M. Schlick u. K.-D. Sedlacek (Hrsg.)

– **Vereinbarkeit von Religion und Naturwissenschaft.** Von: Kurd Laßwitz u. K.-D. Sedlacek (Hrsg.)

– **Das Konzept des Guten.** Sinnliches Empfinden – Der Ursprung unserer Wertvorstellungen. Von: Klaus-Dieter Sedlacek (Hrsg.)

– **Ist echte Erkenntnis möglich?** Einführung in die Erkenntnistheorie. Von: Prof. Dr. Erich Becher u. K.-D. Sedlacek (Hrsg.)

– **Das individuelle Ich**: Was ist der Kern des SelbstBewusstseins? Von: Th. Lipps u. K.-D. Sedlacek (Hrsg.).

– **Persönlichkeit und Unsterblichkeit:** In welcher Form existiert ein Weiterleben nach dem zeitlichen Ende? Von: Wilhelm Ostwald u. K.-D. Sedlacek (Hrsg.)

– **Die idealistischen Grundwerte unserer Kultur.** Von Johannes M. Verweyen u. K.-D. Sedlacek (Hrsg.)

– **Was sind Wirklichkeiten?** Aufgedeckte Naturgeheimnisse. Von Kurd Laßwitz u. K.-D. Sedlacek (Hrsg.)

BUCHTIPPS

BEWUSSTSEIN

– **Leben nach dem Leben:** Befreiung des Bewusstseins von den Fesseln der Zeit. Von: K.-D. Sedlacek
– **QuantenBewusstsein.** Von: N. Wrobel u. K.-D. Sedlacek
– **Synthetisches Bewusstsein.** Von: K.-D. Sedlacek
– **Unsterbliches Bewusstsein:** Raumzeit-Phänomene, Beweise und Visionen. Von: K.-D. Sedlacek

LEBEN UND MEDIZIN

– **Leben aus Quantenstaub.** Von: N. Wrobel u. K.-D. Sedlacek,
– **Was ist Krankheit?** Von: N. Wrobel u. K.-D. Sedlacek
– **Bewusstsein und Unsterblichkeit.** Von: C. L. Schleich u. K.-D. Sedlacek (Hrsg.)
– **Die Lebenskraft:** Wie Enzyme, Bewusstsein und quantenbiologische Effekte das Leben regulieren. Von: K.-D. Sedlacek u. N. Wrobel,
– **Die verborgene Ordnung des Weltsystems.** Neue Erkenntnisse über die schöpferischen Kräfte der Natur. Von: Dr. h. c. Raoul Francé u. K.-D. Sedlacek (Hrsg.)
– **Homöopathie und Praxis:** Naturheilkundliche alternative Medizin für den mündigen Patienten. Von: Dr. med. J. Voorhoeve u. K.-D. Sedlacek (Hrsg.)
– **Eine andere Sicht auf die Entstehung der sporadischen Form der Alzheimerkrankheit.** Von Norbert Wrobel u. K.-D. Sedlacek (Hrsg.)
– **Bleib beweglich und fit ohne Geräte.** Leichte ärztliche Zimmergymnastik für jedes Alter. Von Moritz Schreber.
– **Plötzlich gesund.** Medizinische Wunderheilungen und die Macht organische Leiden psychisch zu beeinflussen. Von Erwin Liek.

PSYCHOLOGIE

– **Gestalt-Psychologie:** Einführung in die neue Psychologie vom Begründer der Gestaltpsychologie. Von: Prof. Dr. Kurt Koffka u. K.-D. Sedlacek (Hrsg.)
– **Die ersten Spuren psychischer Erscheinungen:** Das psychische Leben von Mikroorganismen – Eine Studie in experimeneller Psychologie. Von Alfred Binet u. K.-D. Sedlacek (Übers.)
– **Allgemeine moderne Psychologie:** Systematische Einführung in die Wissenschaft psychischer Prozesse. Von August Messer u. K.-D. Sedlacek (Hrsg.).
– **Strahlende Kräfte durch positives Denken:** Die Wurzeln des Erfolgs und Wege zum Glück. Von Emil Peters u. K.-D. Sedlacek (Hrsg.)

– **Neue praktische Menschenkenntnis.** Ein Ratgeber zur Menschenbehandlung mit zahlreichen Bildern und Beispielen. Von Johannes Maria Verweyen.
– **Massenpsychologie am Beispiel Jan Bockelsons**. Geschichte eines Massenwahns mit einer Einführung von Sigmund Freud. Von Friedrich Reck-Malleczewen u. K.-D. Sedlacek (Hrsg.)

BIOLOGIE

– **Wie intelligent sind Pflanzen?** Sensationelle Einblicke in die geheime Seite des pflanzlichen Wesens. Von Prof. Dr. phil. Adolf Wagner u. K.-D. Sedlacek
– **Über Menschenaffen, Tierseele und Menschenseele:** Intelligenzprüfungen an Hominiden. Von Wilhelm Bölsche et. al. und K.-D. Sedlacek (Hrsg.)

GESCHICHTE, VOR- U. FRÜHGESCHICHTE

– **Die geheimnisvolle Kultur der alten Kelten.** Von Druiden, Fürstensitzen und der Lebensart unserer frühgeschichtlichen Vorfahren. Von Georg Grupp u. K.-D. Sedlacek (Hrsg.)
– **Der Alchemist Leonhard Thurneysser:** Die Lebensgeschichte des Goldmachers von Berlin. Von Klaus-Dieter Sedlacek (Hrsg.)
– **Es begann mit Feuerskraft.** Das Werden des Menschen und seiner Kultur. Von Carl W. Neumann u. K.-D. Sedlacek (Hrsg.)
– **Gefangen zwischen Eisschollen:** Die dramatische Entdeckungsgeschichte der Antarktis. Von Klaus-Dieter Sedlacek (Hrsg.)
– **Die Kultur der Azteken:** Mit einem Anhang Große Landesausstellung Baden-Württemberg „Azteken" im Lindenmuseum. Von William Prescott.

RATGEBER

– **Kultur erleben mit den Wohnmobil in Frankreich:** Vierzig kulturelle Highlights, Park- und Übernachtungspätze sowie Navigationskoordinaten. Von Klaus-Dieter Sedlacek
– **Kochbuch für ganze Kerle:** Kräftige und Feinschmeckergerichte für Freizeit und Camping. Von K.-D. Sedlacek (Hrsg.)
– **Der Weg zu Wohlstand und Reichtum:** Goldene Regeln für den Aufbau einer selbständigen Existenz. Von P.T. Barnum u. K.-D. Sedlacek (Hrsg.)
– **Wie man seinen Verstand benutzt:** Ein praktisches Handbuch der Psychologie. Von William Walker Atkinson u. K.-D. Sedlacek (Übersetzer)

BUCHTIPPS

– **Einfach logisch denken:** Oder die Gesetze des Denkens. Von William Walker Atkinson u. K.-D. Sedlacek (Übersetzer)

– **Besseres Gedächtnis:** Wie man es stärkt, trainiert und einsetzt. Von William Walker Atkinson u. K.-D. Sedlacek (Übersetzer)

– **Anleitung zum Roman-Schreiben:** Wie man anfängt, einen Plot entwickelt und eine Geschichte erzählt. Von Oliver J. Wilde u. K.-D. Sedlacek (Übersetzer)

– **Zeichnen für Einsteiger:** Achtzehn Lektionen in naturalistischem Zeichnen. Von Dorothy Furniss u. K.-D. Sedlacek (Übersetzer)

– **Wie man seinen 24Std-Tag organisiert:** und mehr Zeit gewinnt für das wirkliche Leben. Von Arnold Bennett u. K.-D. Sedlacek (Übersetzer).

– **Psychologische Verkaufskunst:** Denk- und Handlungsweisen, Vorgangsweise und Abschluss. Von William Walker Atkinson u. K.-D. Sedlacek (Übersetzer)

ZWEISPRACHIG

– **The great God Pan / Der große Gott Pan:** Horror story Englisch-German / Horror-Geschichte Englisch-Deutsch. Von Arthur Machen u. K.-D. Sedlacek (Übersetzer)

FORSCHUNGSREISEN U. ABENTEUER

– **Meine erste Weltumseglung:** Tagebuch einer epochalen Expedition. Von James Cook u. K.-D. Sedlacek (Hrsg.)

– **Exotische Reise durch Persien:** Abenteuerlicher Bericht aus einer fremdartigen Welt des 19ten Jahrhunderts. Von Pierre Loti u. K.-D. Sedlacek (Hrsg.)

– **Mit der Beagle um die Welt:** Bericht meiner Forschungsreise zum Galapagos-Archipel. Von Charles Darwin u. K.-D. Sedlacek (Hrsg.)

– **Peking-Paris im Automobil:** Die legendäre 16.000 km – Rallye 1907. Von Luigi Barzini u. K.-D. Sedlacek (Hrsg.)

Buchshop